KB210078

나의 또 다른 이름,
중간 인류

나의 또 다른 이름,
중간 인류

임태리 장편소설 | 스갱 그림

풀빛

일러두기

- 인물의 성격과 특징을 살릴 수 있도록 입말을 사용하였기에 맞춤법에 맞지 않은
  말이나 비속어가 포함되어 있습니다.
- 인물들이 경험하는 과학 현상은 픽션이므로 현실과 조금 다를 수 있습니다.

차례

마리나

머리가 지끈거려 학원 차를 타지 않고 걸어서 다음 학원으로 갔다. 거리에 즐비한 건물은 나 같은 아이들을 삼켰다 뱉었다를 반복했다. 같은 거리, 같은 시간에 늘 마주치는 아이들인데 손 들어 인사할 만한 애는 없었다.

휴대전화를 꺼내 수아와 지민이가 있는 단톡방에 톡을 남겼다. 숫자 2가 톡 옆에 떴다. 십 초를 지켜봤는데도 숫자 2는 사라지지 않았다. 생각해 보니 둘이 이번에 옮긴 학원은 엄격해서 학원 입장과 동시에 휴대전화를 압수한다고 했다. 엄마는 다음 달부터 그 학원으로 옮기자고 했다. 아마 '압수'라는 말이 마음에 든 모양이다.

마리나, 이수아, 박지민, 우리 셋은 절친이다. 절친의 조건은 공통분모를 가지고 있는 것이다. 우리의 공통분모는 중간 키, 중간 체격, 중간 외모, 중간 가정 형편에 이어 중간 성적까지 뭐든 딱 중간이라는 것이다. 우리는 자칭 '중간 인류'라고 부른다. 그래서 우리의 단톡방 이름도 '중간 인류'다.

휴대전화를 주머니에 넣었다. 다시 걷다가, 이번에는 떡볶이집 앞에 섰다. 몸을 빙빙 돌리며 유혹하는 슬러시를 뿌리칠 수 없었다. 주머니를 뒤져 이천 원을 꺼내 들었다. 콜라 맛 슬러시가 종이컵에 쌓이기 시작했다. 검은 얼음 알갱이를 보자 벌써 뇌까지 시원해진 기분이었다. 이 짜릿한 맛을 내는 콜라는 분명 중간 인류의 발명품은 아닐 것이다. 꼴통인 하위 인류였든지, 늘 우등생인 상위 인류였든지일 것이다. 세상을 놀라게 하는 발명은 보통 그들에게서 나온다.

생각이 거기에 이르자 콜라 맛이 확 떨어졌다. 거금 이천 원을 주고 산 것이니 버릴 순 없어서 단숨에 들이켜 버렸다. 얼음 때문인지 콜라 때문인지, 온몸이 짜릿했다. 눅눅해져 축 처진 종이컵을 쓰레기통에 버렸다.

다시 발걸음을 학원으로 돌렸다. 십 분 이상 늦으면 엄마한테 고발 메시지가 간다. 아직도 숫자 2는 그대로였다.

'그냥 들어가자.'

내가 여러 명이라면 한 명은 학원으로 보내고, 한 명은 답을 기다리게 할 텐데, 아쉽다.

*

학원은 A반, B반, C반으로 나눠져 있었다. 말이 좋아 개인별 맞춤 지도지, 상위 인류반, 중간 인류반, 하위 인류반이었다. B반은 다른 반에 비하면 늘 무탈하고 조용했다. 대부분이 그냥 얌전히 듣고만 있기 때문이다. 중간 인류는 상위 인류와 하위 인류만큼 주목받지 못한다. 하위 인류는 늘 말썽을 부려대면서 자신의 존재감을 드러내고, 상위 인류는 월등함이라는 무기로 스스로를 드러낸다. 중간 인류는 그들을 위해 머릿수 채우기 정도의 역할을 한다.

도서관에 꽂힌 책만 봐도 친구 괴롭히는 나쁜 놈, 피해 보는 놈, 약속을 당연히 안 지키는 놈, 부모 속상하게 하는 놈, 욕 잘하는 놈, 공부 못하는 놈, 욕심 많은 놈 등이 주인공인 경우가 많았다. 그런 놈들 옆에는 꼭 상위 인류가 모범 답안을 들고 서서 하위 인류를 이쪽으로 오라고 이끌고 있다. 허구를 전제로 하는 소설 속에서만 그런 건 아니다. 수업 시간을 보면, 선생님은 하위 인류에 속하는 아이들의 이름은 이맛살을 찌푸리며 여러 번 불렀고, 상위 인류에 속하는 아이들의 이름은 수업의 원활한 흐름을 위해 여러 번 호명했다. 그 부류들 사이에 낀 중간 인류는 하루에 한 번도 이름이 불리지 못한 채 집에 돌아오는 경우가 허다했다.

주머니 속 휴대전화가 짧게 부르르 떨렸다. 둘 다 다음 학원으로 이동하고 있었다.

> 월요일 빨리 와라!!

>> ??

> 심폐 소생술 교육 있잖으.

> 또 흑심 가득?

> ㅎㅎㅎ끝나고 떡볶이 콜???

나는 선생님 눈치를 살피며 팔짝팔짝 뛰는 고양이 이모티콘을 톡방에 남겼다.

*

수업을 끝내고 나와 집을 향해 걸어갔다. 건물은 여전히 나 같은 아이들을 삼켰다 뱉어 내고 있었다. 소설 속에서는 질풍노도의 아이들이 주인공으로 등장해 역동적인 삶을 사는 것처럼 담아내고 있지만, 그건 극히 소수의 이야기다. 만약 나 같은 별 볼일 없는 아이가 주인공으로 등장한다면 그 책은 따분하기 그지없을 것이다. 집, 학교, 학원이 전부일 테니까. 사건과 갈등이 필수 요소인 이야기에서 그 두 가지가 빠져 있으니 말이다. 문학은 인류의 팔십 퍼센트를 차지하는 중간 인류의 이야기는 다루지 않는다. 작가도 출판사도 먹고살아야 하니 어쩔 수 없는 선택일 것이다. 다수의 중간 인류는 그냥 독자일 뿐이다. 소수의 이야기에 대리만족하는 수동적인 독자 말이다.

나는 다시 발이 무거워져 운동화 끝만 보고 걸었다. 내가 찾아낸 잡념을 없애는 방법이다.

'뭐, 이렇게 시키는 대로 하며 하루하루 살면, 뭐라도 돼 있겠지.'

운동화 끈이 나풀거렸다. '설마'라고 말하며 나를 조롱하는 것 같았다. 이쯤 왔으면 집이 나와야 했다. 그런데 앞이 막혀 있었다. 운동화가 더 나아갈 길이 없다고 말하는 듯했다. 나는 놀라 고개를 들었다.

덩굴 식물이 벽을 가득 메우고 있고, 커다란 파스텔 알전구가 오크나무 문과 잘 어우러진 가게 앞이었다.

'어디지?'

수백 번 집으로 가는 길을 반복했고, 한 번도 틀려 본 적이

없었다. 나에게 집은 운동화 끝만 보고 가도 얼마든지 찾아갈 정도였다. 걸어온 시간으로 봐서는 학원과 멀지 않은 곳이었다. 가게 간판도 없었다. 나무문 가운데에는 타원형 흰색 나무판에 진갈색 글씨로 'OPEN'이라고 적힌 푯말이 걸려 있었고, 그 푯말 옆에는 이렇게 적힌 종이가 붙어 있었다.

당신을 기다리고 있었어요.

그냥 돌아가려는데, 통유리로 번쩍거리는 빛이 새어 나왔다.

"저기……."

나는 누구한테라도 저것 좀 보라고 말하고 싶어서 주위를 둘러봤다. 길을 걷는 사람들은 그 빛을 못 본 건지, 관심이 없는 건지 그냥 제 갈길을 바삐 가고 있었다. 다시 고개를 돌려 가게를 봤다. 다시 빛이 번쩍였다. 강렬하지만 부드럽고 따뜻했다.

홍채가 빛의 잔상을 지워 내기까지 기다렸다가 눈을 통유리 가까이로 가져다 댔다. 가게 안은 넓지 않았다. 유리문 바로 맞은편에는 문과 색이 같은 오크나무 선반이 있었고, 크고 작은 화분이 곳곳에 놓여 있었다. 선반 아래에는 차를 마실 수 있는 테이블과 등받이가 있는 둥근 의자 두 개가 놓여 있었다. 테이블 뒤쪽에는 작은 오크나무 문이 있었고, 옆에는 벽난로가 있었다. 벽난로 옆에는 오크나무로 틀을 맞춘 유리 진열장이 높이를 달리해서 가게 곳곳에 있었다. 그 진열장 앞에 둥근 의자 한 개가 놓여 있었다. 유리 진열장 안에는 반지 상자처럼 생긴 작은 나무 상자들이 들어 있었는데, 상자는 열려 있었고, 그 안에는 무언가가 담겨 있었다.

"뭐지?"

안에는 사람이 없었다. 나무 상자만 잠깐 보고 나올 생각으로 문을 열고 들어갔다.

안에 들어서니 오크나무와 식물이 주는 따뜻함 때문에 공기가 부드럽게 느껴졌다. 진열장으로 다가갔다. 작은 상자에 들어 있는 것을 보자 피식 코웃음이 나왔다.

"반창고잖아. 근데 너무 귀엽고 예쁘다."

여러 가지 색깔의 반창고, 마카롱 그림 반창고, 클로버 그림 반창고 등 다양했다. 꺼내서 보려는데 진열장 유리가 열리지 않았다. 진열장 앞에는 열쇠가 채워져 있었다.

나는 반창고를 무슨 보물이라도 대하듯 저렇게 진열해 놨

지라고 생각했다. 그때 맞은편의 안쪽 문이 열리더니 꼬마가 나왔다. 초록색 단발머리, 그을린 얼굴은 잘 닦아 윤기가 흐르는 찰토마토 같았다.

"안녕하세요? 이쪽으로 앉으세요."

꼬마가 의자 하나를 가리켰다. 밖에서 본 것보다 훨씬 편해 보이는 등받이 의자였다.

"아, 그냥 지나가다가 들어와 본 거야. 막 나가려고 했어."

사실 나는 주머니에 돈이 없었다. 슬러시를 사 먹느라 다 써 버렸다.

내가 입구로 가, 막 문을 잡고 밖으로 밀어내려 할 때 등 뒤에서 꼬마가 말했다.

"평행우주라는 말 들어 봤어요? 한 명은 학원에 보내고, 한 명은 놀게 할 수 있어요. 이 반창고만 있다면요."

꼬마의 말에 놀라 뒤를 돌아봤다. 꼬마는 웃고 있었다.

"너, 방금 뭐랬어? 내가 아까 그 생각했는데……. 정말 그게 가능해?"

꼬마는 내 질문에 대답하지 않고 다시 의자를 가리켰다. 나는 꼬마에게 다가갔다. 꼬마의 눈은 빠져들 듯 깊고 맑았다. 그 눈동자 속에는 내가 들어 있었다.

"정말이야? 평행우주, 그거 말이야. 여러 명의 나를 만들 수 있어?"

"만든다기보다는 존재한다고 해 둘게요."

내가 막 의자에 앉으려고 하는데 가게 문이 열렸다. 나는 고개를 돌렸다. 20대 후반쯤으로 보이는 여자였다. 여자는 머리를 하나로 묶고, 셔츠 단추를 목까지 채우고 있었다. 얼굴은 피곤하고 지쳐 보였다. 꼬마는 여자를 보고 말했다.

"어서 오세요."

여자가 진열장을 보더니 말했다.

"애개, 뭐야? 반창고잖아."

"평범한 반창고가 아니에요."

"반창고가 다 반창고지, 특별한 게 어딨어?"

"평행우주 여행이 가능한 반창고예요."

여자는 어이가 없다는 듯 한숨을 내쉬더니, 말을 이었다.

"몇 살? 어른들 없어? 도움이 필요하면 복지 센터나 경찰서에 대신 신고해 줘?"

여자의 표정은 무미건조했다. 나는 일이 커지는 것 같아 의자를 잡았던 손을 놓고 한쪽으로 물러났다.

꼬마는 의외로 담담했다. 오히려 웃으며 여자에게 말했다.

"당신에게 필요한 반창고를 골라 드릴게요. 저한테 편하게 이야기해 보세요."

꼬마가 여자를 바라봤다. 그 눈빛은 좀 전보다 더 깊고 빛났다. 여자가 꼬마를 노려보더니 말했다.

"애기동자 이런 건가? 생년월일이랑 태어난 시 말할까?"

"아니요, 애기동자 그런 거 아니에요. 하지만 당신을 도와줄 수 있어요."

"나를 도와준다고? 너 같은 꼬마가?"

여자의 빈정거리는 말투에도 꼬마는 미소 지으며 고개를 끄덕였다. 나는 언제 이 어색한 가게를 나가야 할지 머리를 굴렸다.

"어디 도와줘 봐. 기대가 일도 없지만."

내가 갈팡질팡하는 사이에 여자는 얼굴을 붉히며 꼬마가 내민 의자에 앉았다.

'딱 지금이야.'

나는 가게를 나가야겠다고 생각했다. 문손잡이를 잡고 열려는 순간, 여자의 말이 시작됐다.

"나는 마리나야. 너는?"

나는 문손잡이를 잡은 채 그 자리에 멈춰 버렸다. 고개를

돌려 다시 여자와 꼬마를 봤다. 분명히 여자는 자기를 '마리나'라고 소개했다. 그 이름은 흔하지 않다. '마'라는 성씨도 흔하지 않지만, '리나'라는 이름도 말이다. 엄마, 아빠가 작명소에서 거금 삼십오만 원을 들여 지은 이름이었다. 덕분에 마라탕이라는 별명을 갖고 있지만. 이름이 같은 건 확률적으로 불가능한 일은 아니다. 나는 꼬마를 봤다. 꼬마도 나를 봤다. 그 눈빛이 묘하게 나를 붙잡았다.

'혼자 두고 가지 말라는 뜻인가?'

나는 잡았던 문손잡이를 놓고 다시 진열장 앞으로 가서 둥근 의자에 앉았다. 반창고를 더 구경하고 싶기도 했다.

여자는 나를 전혀 의식하지 않고 이야기를 계속했다.

"너 이름이 뭐니? 뭐, 알려 주기 싫으면 관둬. 나를 돕겠다고? 그래, 좋아. 나는 시청에서 여권 발급하는 일을 해. 그 일은 정말 따분하지. 서류 확인하고 도장 찍는 것만 종일 하니까. 재촉하는 민원인들에게 시달리는 것도 너무 힘들어. 잠시 쉴 때는 밖으로 나가 수첩을 꺼내 그림과 글을 끄적이지. 이것저것 그리고 쓰다 보면 복잡한 마음도 사라지거든. 하지만 행복도 잠시야. 다시 여권 발급을 해야 해. 그게 내 일이니까. 직업 말이야."

여자는 길게 숨을 내쉬었다. 그 숨은 십 년 묵은 체기가 느껴질 만큼 무거웠다. 나는 여자의 속 이야기를 이렇게 듣고 있어도 되는지 난감했다. 여자가 나를 의식해 줬으면 해서 헛기침을 했지만, 여자는 전혀 개의치 않고 말을 이었다.

"꿈을 이뤘는데, 나는 왜 이렇게 답답한 걸까?"

비밀을 엿듣는 기분이었다. 나는 의자에서 일어났다.

그때 여자가 말했다.

"수아랑 지민이를 보면 부러워."

여자의 말이 나를 또 붙잡았다. 분명히 여자는 수아, 지민이라고 했다. 나와 이름이 같은 것도 기막힌 우연인데, 주변인의 이름까지 같다는 건 있을 수 없는 일 아닌가. 적어도 확률적으로 영 퍼센트에 가깝겠다 싶었다. 꿈인가 싶어서 팔을 꼬집었다. 통증이 있는 것을 보면 꿈은 아니었다. 창밖으로 사람들이 분주히 걸어 다니는 것을 보면 이 공간이 판타지 소설에나 나올 법한 장소도 아닐 것 같았다. 나는 여자의 말을 더 듣고 싶었다. 다시 의자에 앉았다. 내가 앉자 꼬마가 물었다.

"언니 꿈이었나요?"

"……."

가게에 정적이 흘렀다. 여자는 이맛살을 잔뜩 찌푸리더니

19

검지로 관자놀이를 꾹 누르며 대답했다.

"꿈이 별거니? 밥 먹고 살 수 있는 직업 있으면 되는 거야. 너 같은 꼬마가 뭘 알겠니? 따박따박 월급 받으며 살면 되지. 직장 잡기가 쉬운 줄 알아? 근데, 어른들은 없어?"

여자의 모습이 비밀번호를 잃어버린 자물쇠 같았다. 나는 일어나 꼬마 편을 들어 주고 싶었다. 내가 엉덩이를 살짝 떼었을 때, 내 안에 사는 '메디오'가 쑥 고개를 내밀었다.

'남 일에 오지랖 피우지 말고, 조용히 앉아 있어.'

나는 다시 엉덩이를 의자에 붙였다. 메디오는 우리 반 실장, 재수탱이 우수미가 나를 지목하며 처음 꺼낸 단어다. 스페인어로 '중간'이라는 뜻이라며, 나 같은 아이들의 머릿속에는 메디오가 살아서, 새로운 것에 도전하는 걸 겁내고 남들 하는 것만 따라 한다고 비아냥거렸다. 기분은 별로였지만 딱히 반박할 말도 없어서 어색하게 웃어넘겼다.

아마도 그때부터였을 것이다. 내 안에 사는 메디오가 수시로 딴지를 걸었다. 그 목소리는 점점 또렷해졌고 커졌다.

꼬마는 피식 웃으며 물었다.

"마카롱 드실래요?"

"묻는 말에 대답은 안 하고, 마카롱? 그거 달기만 하잖아.

어른들이 입에 달고 사는 쓰디쓴 커피로 줘."

꼬마는 커피는 없다며 색색이 마카롱 다섯 개가 든 접시를 들고 와서 여자 앞에 내밀었다. 나는 꼬마가 왜 나한테는 마카롱을 권하지 않는지 서운했다. 입에 고였던 침이 목을 타고 한꺼번에 넘어가는 바람에 꼴깍 소리를 냈다. 그 소리는 잠시 정적이 흐르던 실내를 깨웠다. 나는 민망해서 얼굴이 붉어졌다. 그런데 그 소리를 둘 다 들었을 텐데도 아무도 내게 마카롱을 먹겠냐고 묻지 않았다. 둘 다 참 치사하다고 생각하고 있는데, 여자가 마카롱 접시를 꼬마에게 다시 내밀며 말했다.

"나는 분명히 커피가 먹고 싶다고 했어."

꼬마는 접시에서 마카롱을 집어 들어 입에 넣었다.

"여긴 어떠게 아고 와서요?"

입안을 가득 메운 마카롱 때문에 발음이 정확하지 않았다. 마카롱 가루가 꼬마의 입 밖으로 튀어나와 테이블 위로 떨어졌다. 여자는 고개를 살짝 뒤로 하더니 말했다.

"넌 먹는 예절부터 배워야겠다. 음식이 입에 든 상태로 말하지 말라는 것도 아직 배우지 못했니? 블로그에 상담 센터라고 되어 있기에 왔는데 반창고 가게일 줄이야. 지금이라도 나가고 싶은 심정이야. 어른들 정말 없어?"

여자의 목소리는 퉁명스러웠다. 꼬마는 여자의 질책에 아랑곳하지 않고 입안에 든 마카롱을 넘겼다. 그리고 말했다.

"가끔은 목까지 채운 단추를 하나만 풀어도 숨 쉬기 훨씬 좋아요."

꼬마는 들고 있던 마카롱을 또 하나 입에 넣었다.

여자는 멋쩍어 하며 자신의 셔츠 목덜미를 만졌다. 그리고 손을 떼 마카롱 접시로 가져갔다. 그런데 이미 마카롱은 다 먹고 없었다. 꼬마가 말했다.

"언제나 마카롱을 먹을 수 있는 건 아니에요. 항상 그 자리에 있는 건 아니거든요."

꼬마의 말에 여자는 꽤 복잡한 표정을 지었다. 여자가 하나만 줄 수 없느냐고 부탁했지만 꼬마는 마카롱이 남지 않았다며, 더 가져다주지 않았다.

"관둬! 가는 길에 하나 사 먹으면 되지. 빵집에 널린 게 마카롱이야!"

자리에서 일어나는 여자에게 꼬마가 말했다.

"잠깐 손을 내밀어 봐요."

여자가 손을 내밀자, 꼬마는 새끼손가락에 반창고 하나를 돌돌 돌려 붙였다. 마카롱 그림이 그려진 반창고였다.

"다치지도 않았는데 왜 이걸 붙여 주는 거야? 얼마니?"

여자의 말투는 퉁명스러웠지만, 반창고를 떼어 내지는 않았다.

"오늘 이야기 들려줘서 고마워요."

여자가 나가자 꼬마는 나에게 가게 문을 이제 닫아야 한다고 말했다. 여자한테는 마카롱도 주고 반창고도 주더니, 나한테는 아무것도 없었다. 나는 꼬마에게 인사도 안 하고 가게를 나와 버렸다.

집으로 가는 길에 또 그 여자를 봤다. 여자는 탑브릭스 빵집 문을 열고 막 나오고 있었다. 손에는 빵집 로고가 찍힌 종이봉투가 들려 있었다. 여자는 거리에 서서 종이봉투 안에서 마카롱을 꺼냈다. 그 자리에서 마카롱 포장지를 뜯더니 한 입 베어 물었다.

"이것보다 훨씬 맛있어 보였는데. 다음에 가서 달라고 할까?"

여자는 뭔가 아쉬운 표정을 짓더니 먹던 마카롱을 다시 종이봉투에 집어넣었다. 그리고 꼬마가 붙여 준 반창고를 떼어 내더니 봉투에 같이 집어넣었다.

"답답해."

여자는 목까지 채워진 단추를 하나 풀었다. 숨을 한 번 내쉬더니 낮은 굽의 신발을 또각거리며 가던 길을 갔다.

'도대체 저 여자 뭐야?'

나는 베이지색 리넨 셔츠에 검은색 바지를 입은 저 평범한 여자가 나와 이름이 같다는 것이 마음에 들지 않았다. 더욱이 리넨 셔츠에 잡힌 주름 수만큼 불만투성이인 저 여자가 말이다. 절대로 저런 어른이 되고 싶지는 않다고 생각하며 고개를 젓고 있는데, 휴대전화가 울렸다. 엄마였다. 집에 올 시간이 십 분이나 지났는데, 왜 안 오느냐는 것이었다. 나는 곧바로 달리기 시작했다.

'뭐지? 십 분밖에 안 늦었다고? 진짜 이상해.'

앞에 가던 그 여자를 지나쳐 집으로 달려갔다.

*

집에 도착했다. 방으로 가서 책가방을 내려놓고, 씻으려고 욕실로 들어갔다. 씻고 나와 방에 들어와 휴대전화를 열었다. 마카롱을 검색해 봤다.

마카롱은 환상적인 맛을 가지고 있어 최근 카페 트렌드를 주도하고 있는 핫한 디저트이다. 마카롱은 나라마다 다양한……

나는 서랍에서 드로잉북과 색연필을 꺼내서 끼적였다. 색연필의 사각사각 소리가 너무 좋다. 백색지에 연초록 마카롱이 모습을 찾아가기 시작했다. 마카롱 풍선을 든 여자를 완성했다. 그림 옆에 글씨를 써 넣었다.

마카롱은 지금 세계 곳곳을 여행 중입니다.
내 입만 빼고요.
- 마리나 -

피식 웃음이 나왔다. 그림과 글은 내가 가장 좋아하는 것이다. 답답하거나 불안하거나 슬플 때면 이렇게 색연필로 그림을 그리고 간단한 글귀를 적어 넣는다. 그러면 어느새 행복해진다.

심폐 소생술

월요일, 첫 시간 심폐 소생술 교육이 있는 날이다.

강당에 여러 반이 함께 모여서 진행한다고 했다. 아침 시간
에 몇 명의 아이들은 가방에서 거울을 꺼내 머리를 빗고 얼굴
에 눈곱이 남았는지, 이 사이에 아침에 먹은 시리얼이 남았는
지를 점검했다. 그중 몇 명은 입술에 틴트를 발랐다. 우리 반
은 강당으로 이동하기 위해 복도로 나갔다. 복도에서 수아가
내 팔짱을 끼며 말했다.

"3반하고 같이한대. 걔네들도 오겠다. 흐흐."

나는 누구를 말하는 것이냐는 의미로 수아를 쳐다봤다.
이번에는 지민이가 내 반대쪽 팔짱을 끼며 말했다.

"삼총사 말하잖아."

"우리 셋? 지금 가고 있잖아."

나는 수아가 누구를 말하는지 알면서도 못 알아들은 척 장난을 쳤다. 우리 학년에는 삼총사가 두 무리였다. 수아와 지민이가 말하는 삼총사는 옆 반 남자애들 진호, 재준, 수호였다. 그 셋도 우리처럼 함께 다녔다. 그것 외에는 우리와 비슷한 점이 전혀 없었다. 큰 키, 탄탄 슬림한 몸, 스마트한 머리, 월등한 성적, 뛰어난 운동신경, 훌륭한 매너, 넉넉한 가정 형편까지 모두 갖춘 비인간적인 무리였다. 만약 걔네도 우리처럼 단톡방이 있다면, 그 단톡방의 이름을 '상위 인류'로 붙였을 것이다.

강당에 들어서자 소방서에서 나온 강사 다섯 명이 기다리고 있었다. 강당 앞쪽에는 파란색 매트 위에 마네킹 상반신이 줄 맞춰 놓여 있었다. 강사가 그 마네킹이 '하트맨'이라고 말해 주었다. 그리고 다른 반이 오면 시작하자고 했다.

강사의 말이 끝나자마자 다른 반이 들어왔다. 드디어 삼총사의 등장. 셋이 나타나자 강당은 술렁이기 시작했다. 돼지 소리를 내며 시끄럽게 떠들던 여자아이들이 얼굴을 붉히며 목소리를 낮췄다. 이야기하는 소리는 작아졌지만, 눈동자는 모두 셋의 움직임을 부산하게 쫓고 있었다. 수아는 괜스레 내 팔을 꼬집었다. 기분이 좋다는 뜻이었다. 강사가 마이크를 잡았다.

"심정지 환자가 발생했습니다."

수아가 내 귀에 입술을 가져다 대더니 자신이 지금 심정지에 걸릴 판이라고 소곤거렸다. 나는 어깨로 수아를 툭 쳤다. 정신 차리라는 뜻이었는데 수아는 못 알아들은 것 같았다. 수아는 옆에 앉은 지민이에게도 똑같이 말했다. 강의가 진행되는 내내 수아는 나와 지민이의 귀에 침을 튀겼다.

강사의 설명이 끝나고 실습으로 이어졌다. 강사가 말했다.

"한 줄에 열 개씩 하트맨을 놨습니다. 열 명씩 두 줄로 나와서 앉으세요."

수아는 삼총사 중 진호가 몇 번째에 앞으로 나가는지 빠르게 눈으로 확인했다. 그러더니 나와 지민이의 팔을 잡아끌며 뒤쪽으로 자리를 이동했다. 앞쪽에 이십 명이 나가 하트맨 앞에 무릎을 꿇고 앉았다. 강사가 말했다.

"먼저, 환자의 어깨를 두드리며 반응을 확인해야 합니다."

강사의 말이 끝나자 이십 명은 하트맨의 어깨를 두드리며 괜찮냐고 물었다. 강사가 또 말했다.

"반응이 없으면 신속히 주변에 119 신고, 심장 충격기 준비를 요청해야 합니다."

수아가 또 나와 지민이의 귀에 번갈아 가며 입술을 가져다 댔다.

"112에 신고 좀 해 줘. 내 심장을 누가 훔쳐 간 것 같아."

정말 못 봐주겠다. 나는 어깨로 수아를 좀 더 세게 툭 쳤다. 아플 만도 한데 수아는 심장을 도둑맞아서인지 아프다는 말도 안 했다. 강사가 이어서 말했다.

"심장 충격기를 가져오기 전까지 심폐 소생술을 시행해야 합니다. 자, 이 부위를, 이렇게 손을 깍지 껴서 팔을 곧게 펴고 쓰러진 사람의 가슴과 팔이 수직이 되도록 자세를 잡고, 자신의 체중을 실어 일 초에 이 회 정도의 속도로 총 삼십 회 심장에 펌프질합니다."

강당 안에 펌프질 소리와 숫자 세는 소리가 울렸다. 삼십 회가 끝나갈 때쯤 강사가 말했다.

"심장 압박이 끝나면 바로 이어 인공호흡을 합니다."

인공호흡이라는 말에 강당에 환호인지 야유인지 모를 소리가 뒤섞였다. 강사는 생명을 구하는 골든타임이라며 이상한 생각하지 말라고 주의를 주었다. 웬일로 수아가 조용하다 싶어서 고개를 돌려 쳐다봤더니, 이미 눈은 초점이 풀려 실신 직전의 표정이었다. 나와 지민이는 양쪽에서 수아의 어깨를 툭툭 치며 말했다.

"하트걸, 괜찮으세요? 심장 압박 시작합니다."

수아는 왜 자신을 놀리느냐며 우리 둘의 팔을 꼬집었다. 실습이 다 끝날 때쯤, 나와 지민이의 귀는 침으로 눅눅했고, 팔은 어찌나 꼬집어댔는지 곳곳이 멍들어 있었다.

두 시간의 강의가 드디어 끝났다. 이어서 중간 놀이 시간이었다. 삼총사들은 강당을 나가지 않고, 체육 교구실에서 농구공을 집어 들고 나왔다. 수아가 강당에 조금 더 있다 가자고 졸랐다. 나랑 지민이는 수아의 속셈을 알았지만, 모른 척했다. 우리는 강당 한쪽에 앉았다. 수아 같은 아이들이 이미 강당 곳곳에 자리를 차지하고 앉아 있었다.

강당 안에는 농구공 튕기는 소리가 울렸다. 나는 속으로 구시렁거렸다.

'어째 저것들은 농구도 잘하냐.'

그때 농구공이 우리 쪽으로 굴러왔다. 수아가 이건 로맨스의 시작을 알리는 법칙 같은 거라고 말하며 몸을 일으켜 굴러온 공을 잡았다. 진호가 뛰어왔다. 수아는 고개를 돌려 나와 지민이만 들릴 정도로 말했다.

"너희 심폐 소생술 잘할 수 있지?"

수아의 얼굴이 종이처럼 창백했다. 진호가 점점 가까이 올

수록 수아는 굳어 가고 있었다. 마치 얼음 성에 갇힌 공주, 아니 자세가 마치 미어캣 같았다.

진호가 수아 앞에 서서 손을 내밀었다. 얼어 버린 미어캣은 차마 손을 내밀지 못했다. 진호가 그 모습을 보더니 미소를 지었다. 미어캣은 뒤로 쓰러질 판이었다. 진호가 고마워라고 말하며 농구공을 자기 손으로 옮겼다. 미어캣은 공을 든 손 모양을 그대로 유지하고 있었다. 내가 다 부끄러울 지경이었다. 진호는 농구공을 가지고 몸을 돌려 달려갔다. 그제야 꽁꽁 언 미어캣은 빨갛게 달아오른 얼굴에서 스스로 열에너지를 분출해 녹아내리기 시작했다. 미어캣이 참았던 숨을 크게 내쉬었다. 다행히 방금 배운 심폐 소생술을 쓸 필요가 없었다.

그때 뛰어가던 진호가 멈춰 서더니 다시 몸을 돌려 뛰어왔다. 미어캣은 가슴을 한껏 부풀린 상태로 또 얼어 버렸다. 진호가 멈춰 섰다. 그러나 미어캣 앞이 아니었다. 미어캣을 지나쳐 하필 내 앞에 섰다. 내 눈동자는 정신없이 진호와 미어캣을 번갈아 쳐다봤다.

진호가 내게 말했다.

"잘 지냈어?"

진호의 얼굴이 붉어져 있었다. 내 동공은 확장됐고 놀란

입은 벌어졌다. 그동안 서로 모른 척하며 잘 지냈는데, 왜 갑자기 아는 체를 하고 난리야.

"……."

진호는 내 대답을 듣지 못하고 머리를 긁적이더니 친구들이 있는 농구대로 다시 뛰어갔다. 진호가 사라지자, 그 귀엽던 미어캣은 스피노사우루스로 변신해 내 앞에 서 있었다. 나는 손사래를 쳤다. 입보다 손이 먼저 자기방어를 시작했다. 효과는 없었지만 말이다. 스피노사우루스는 날카로운 이빨로 나를 물고 강당 밖으로 나왔다.

"어떻게 된 거야? 잘 지냈냐니? 너 진호랑 아는 사이였어? 왜 지금까지 말 안 했어?"

나의 두뇌에 생존 본능이 꿈틀거렸고, 입은 곧바로 자기방어를 시작했다.

"아, 내가 지난번에 쟤랑 같은 유치원 다녔었다고 말했잖아."

"언제? 그런 말 안 했는데."

"내가 안 했나? 아닌데, 분명히 했을 텐데."

"분명히 안 했어."

"난 쟤한테 관심 일도 없거든. 그래서 안 했나 봐."

"됐고, 아는 거 다 불어."

"쟤 이사 가기 전에 같은 동 살았어."

"그리고?"

"쟤 엄마랑 우리 엄마랑 친구야."

"뭐? 엄마끼리 친구라고!"

"아, 근데 별로 안 친해."

"또?"

옆에서 지민이가 안 말렸다면 나는 스피노사우루스 이빨에 갈기갈기 찢겼을 것이다. 지민이가 나서서 "쟤가 리나 같은 애한테 관심이나 있겠냐?"라고 말하자 긴박했던 상황은 찬물을 끼얹은 듯 순식간에 종료되었다. 오해가 풀려서 다행이었지만 왠지 씁쓸했다. 지민이에게 고맙다고 해야 하나, 너 죽을래 해야 하나 망설여졌다.

수아는 종일 따라다니며 취조를 했다.

"정말 둘이 아무 관계 아니지? 하기야, 네가 진호 취향은 아니지."

"걔도 내 취향 아니거든."

"네 취향 따위는 중요하지 않고, 앞으로 절대 눈도 마주치지 마."

다른 날보다 백만 배 피곤한 하루였다. 시퍼렇게 눈그늘이 내려왔다. 수아가 그걸 보고 조금은 미안했는지 말했다.

"오늘은 내가 떡볶이 쏠게."

지민이가 손뼉을 치며 말했다.

"정말? 리나 온종일 닦달하더니 미안했구나. 그래도 양심은 있네."

"그런 거 아니고, 진호랑 리나가 아무 관계가 아니라는 것에 대한 축하라고나 할까?"

나는 수아를 노려보며 말했다.

"매운 것 급 땡긴다. 빨리 가자."

우리는 학교 앞 떡볶이 집으로 향했다. 떡볶이를 먹은 후엔 근처에 있는 카페에서 블랙밀크티 두 잔을 시켜서 나눠 먹고 수다를 떨었다. 수다는 진호 이야기가 반, 삼총사 이야기가 반이었다.

나는 얼른 화제를 돌려야겠다는 생각에 반창고 가게 이야기를 꺼냈다. 수아는 신기하다며 눈만 동그랗게 뜰 뿐이었다. 격하게 반응은 해 주었지만 믿지 않는 눈치였다.

"그 꼬마가 분명히 평행우주라고 말했다는 거지?"

같이 듣던 지민이가 관심을 보이자 나는 고개를 끄덕였다.

지민이는 블랙밀크티에 들어 있는 펄을 씹으며 말했다.

"너희 빅뱅이라고 들어 봤지? 우주가 태어나던 순간, 엄청난 에너지가 단 한 번의 폭발로 이 우주를 탄생시켰거든. 그 순간에 우주가 이렇게 엄청나게 팽창한 거야. 거품처럼 말이지."

수아는 또 그 소리냐는 표정으로 지민이를 노려봤다. 나도 예전엔 지민이가 빅뱅이니, 우주니 하면서 말할 땐 흘려 들었지만, 지금은 아니었다.

"그래서?"

지민이쪽으로 몸을 더 가져갔다. 지민이는 네가 웬일이냐며 신나서 말했다.

"우주는 우리가 알고 있는 것보다 엄청나게 커. 그 가정하에 엄청난 크기의 우주에서 원자와 분자의 한정적인 배열이 반복된 거지. 그래서 똑같은 존재를 만들어 낸 거야. 다시 말하자면, 너라는 사람이 다른 행성에서 다른 주기에 맞춰 살고 있다는 거지. 그리고……."

"내가 여러 명일 수 있다는 거야? 다른 나이로도 가능한 거고 말이지?"

수아가 이제 더는 듣기 싫다는 듯 끼어들었다.

"야, 학교 끝나면 공부 이야기 하지 말라고! 입맛 떨어져."

우리의 대화는 다시 진호와 삼총사로 돌아갔다. 나는 빨대로 음료수를 쪽 빨았다. 빨리 먹어야 진호 이야기 지옥에서 빠져나올 수 있을 것 같아서였다.

"다 먹었다. 이제 일어나자."

"우리 인생네컷 찍으러 가자. 내가 쏠게."

"왜?"

지민이와 나는 불안했다.

"우리의 우정은 포에버니까."

나는 수아의 속셈을 알 것 같았다. 우정을 들먹거리며, 내가 진호에게 다른 감정을 느끼지 못하게 하려는 귀여운 수작이었다. 나는 가장 크고 신나는 목소리로 말했다.

"좋아. 우리 우정 포에버!"

수아는 그제야 마음이 놓이는 듯 내 손을 잡았다. 여하튼 민첩한 대처로 나는 스피노사우루스에게 잡아먹히지 않고 생존했다.

*

아이들과 헤어지고 혼자 학원으로 가던 중이었다.

"어?"

그 여자였다. 보라색 라운드 티에 베이지색 미디 스커트를 입고 옆에 가방을 들고 있었다. 머리를 풀었지만, 한눈에 알아볼 수 있었다. 여자는 거리에서 혼자 눈에 띄게 진자운동을 하고 있었다. 백 미터 앞으로 갔다가 다시 뒤돌아 백 미터 뒤로 가기를 반복하고 있었다.

'도대체 저기서 뭐 하고 있는 거야?'

나는 멈춰서 휴대전화를 보는 척하며 여자를 지켜봤다. 내 안에 메디오가 튀어나왔다.

'그만. 진자 궤도에서 벗어나는 일은 하지 마. 어서 학원으로 가.'

그때 여자가 투덜거렸다.

"아, 그냥 집에 가서 쉴걸. 괜히 왔어."

그러더니 왔던 방향으로 되돌아갔다. 처음에는 씩씩거리며 빠른 걸음으로 걷더니 이내 걸음이 느려지고, 멈춰 섰다. 그리고 또 투덜거렸다.

"아니야, 꼬마를 만나야겠어."

몸을 돌려 방금 지나왔던 방향으로 갔다. 이번에도 빠르게 걷던 걸음을 이내 늦추더니 멈춰 섰다. 반창고 가게의 꼬마를 말하는 것이 분명했다.

"이건 시간 낭비야."

여자는 다시 방향을 바꿨다. 또 앞으로 가더니 멈췄다.

"꼬마를 찾아가자. 마카롱도 먹고."

다시 방향을 바꿨다. 나는 저 여자는 왜 저렇게 우유부단할까 생각하다가, 피식 웃음이 나왔다. 생각해 보니 나와 별 차이 없었다. 엄마는 내가 빨리 결정을 못 내리고 갈팡질팡한다고 재촉하기 일쑤였다. 언제부턴가는 답답하다며 본인이 내 일을 결정하곤 했다. 나는 그것이 편했다. 결정하는 데 고민할 필요도 없고, 혹시 잘못됐을 땐 엄마 탓을 하면 되니까. 그럴 때마다 엄마가 나에게 미안해하며 안절부절못하는 모습을 보는 것도 꽤 재미있었다. 결정의 책임을 누구한테 떠넘기는 건 인생의 무게를 꽤 더는 일이었다.

'어른이 되면 저 여자처럼 결정의 무게를 스스로 온전히 감당해야 하는 건가?'

갑자기 어른이 되는 것이 두려웠다. 자식을 과잉보호하는 헬리콥터 맘처럼 엄마가 내 주변을 계속 맴돌며 다 결정해 줬으면 좋겠다는 생각이 들었다가, 연애부터 결혼까지 모두 엄마의 결정대로 할 생각을 하니 또 그건 아닌가 싶어 고개를 저었다.

내가 발걸음을 멈춰 여자를 한참 지켜보고 있으니, 메디오가 어김없이 또 말을 걸었다.

'지금 뭐해? 빨리 학원으로 고고! 비싼 학원비 내놓고 자꾸 늦을래?'

"그래, 그래. 알았다고."

나는 갈팡질팡하는 여자를 뒤로 하고 학원으로 갔다. 오늘 종일 수아에게 시달려서인지 수업 내용이 하나도 귀에 안 들어왔다.

'그 여자는 어떻게 됐을까? 에어컨 참 시원하네.'

우리들 사이에서 떠도는 말처럼, 중간 인류는 학원의 전기세 내주러 태어났다는 말이 오늘따라 크게 와닿았다.

*

의미 없이 간신히 시간을 채우고 집으로 와 보니 퇴근해서 돌아온 엄마, 아빠가 저녁 메뉴를 고르고 있었다. 오늘은 배달 어플을 이용하기로 합의한 모양이었다. 나에게 뭐가 좋겠냐고 물었다. 나는 아무거나라고 대답하고 방으로 가서 책가방을 내려놓고, 씻으려고 욕실로 들어갔다.

씻고 나와 방에 들어와 휴대전화를 열었다. '중간 인류' 톡 방에 수아가 톡을 남겨 놓았다.

너 혹시 진호 연락처 있어? 있으면 공유해라.

진호가 누군데?

오! 이런 자세 맘에 들어. 우리 우정 포에버.

나는 서랍에서 드로잉북과 색연필을 꺼냈다. 농구공을 그렸다. 그리고 그 농구공을 들고 있는 남자아이를 그렸다. 진호랑 닮았다. 남자아이의 얼굴을 색칠해 나갈 때 얼굴이 화끈거렸다. 심장이 두근거렸다.

'왜 이러지?'

나는 고개를 세차게 흔들고, 드로잉북을 다음 장으로 넘겼다. 스피노사우루스의 날카로운 이빨을 덜덜 떨면서 닦고 있는 내 모습을 그렸다. 그리고 그림 아래에 글을 적어 넣었다.

나, 지금 떨고 있다.
누구 때문일까?
- 마리나 -

색연필을 정리하고 있는데 현관 벨 소리가 울렸다. 이어서 비닐봉지를 건네받고 서로 인사하는 소리가 들렸다. 아빠가 흥분한 목소리로 빨리 나와서 먹자고 말했다. 일주일에 두세 번은 시켜 먹는데도 좋은가 보다. 하기야, 엄마의 요리 솜씨는 있던 입맛도 떨어뜨릴 만큼 형편없고, 아빠 본인이 하려니 귀찮았을 거다.

나는 드로잉북을 덮고 거실로 나갔다. 족발 세트가 한 상 차려져 있었다. 아빠는 냉장고에서 맥주 두 캔을 꺼내 와 캔 하나는 뚜껑을 따서 엄마에게 내밀었다. 엄마가 받아 들자, 다른 하나의 캔도 마저 땄다. 아빠는 한 모금을 길게 마셨다. 목젖이 꿀렁거렸다. 캬 소리를 내며 캔을 내려놓는 표정에 만족감이 가득했고 입에서는 보리 누린내가 났다.

"시원-하다. 이런 것이 소확행 아니겠어?"

엄마도 한 모금 짧게 마시더니 캔을 내려놓고, 일회용 장갑을 오른손에 꼈다. 돼지 발의 모양을 생생하게 간직한 미니족을 잡아 뜯으며 말했다.

"이 집 족발 진짜 쫄깃하다."

나는 둘을 번갈아 보며 물었다.

"그렇게 좋아?"

"너도 커서 마셔 봐라. 일하고 와서 마시는 맥주는 진리지."

나는 맥주 맛을 물었던 것이 아니었는데, 역시 아빠는 단순하다.

"여기서 중요한 건, 일하고 와서라는 거야. 고로 우리 마리나는 번듯한 일자리를 갖는 것이 먼저지."

"딱 엄마, 아빠 정도만 살면 되는 거지?"

"얘가 뭐래? 요즘엔 물가가 너무 올라서 웬만한 일자리로는 먹고살기 힘들어. 엄마, 아빠는 둘 다 벌어도 아등바등하잖니. 우리보다 몇만 배는 잘살아야지. 자, 마리나의 번듯한 대학, 번듯한 직장을 위하여!"

역시 엄마는 입맛을 확 떨어뜨리는 대단한 재주가 있다. 족발을 먹는 동안 엄마는 '번듯한'이라는 말을 열세 번 더 반복했다. 나는 엄마의 맹공에도 끄덕하지 않고 족발을 끝까지 뜯었다.

방으로 돌아와 책상에 앉아서 인강을 듣고 있는데, 자울자울 졸음이 몰려왔다. 엄마가 벌컥 문을 열지 않았다면 그대로 아침까지 잤을 것이다. 세수하고 인강을 마저 들었다. 아니, 사실은 인강을 틀어 놓고 그림을 그렸다. 그림을 그리고 글을 쓸 땐 두 시간이 십 분 같다.

"좋아하는 일을 하면 번듯한 것들을 얻어 낼 수 없는 걸까⋯⋯."

나는 길게 숨을 내쉬었다. 메디오가 이때다 싶어 고개를 내밀었다.

'좋아하는 것과 잘하는 것은 엄연히 다른 거야. 또 좋아하는 것을 한다고 인생의 성공을 보장받는 것도 아니고. 성공하려면 남들이 선호하는 직업을 가져야 해. 그게 가장 확실하고 빠른 길이야.'

"휴."

나는 색연필을 집어넣고 침대에 털썩 엎드렸다.

CLOSE

　나는 두 중간 인류 유전자의 결과물답게 늘 하던 대로 집, 학교, 학원을 오가며 하루하루를 보냈다. 그리고 어디로 향하는지 모른 채 대부분의 사람이 가는 방향으로 흘러갔다. 마치 강물 같다. 한 방향밖에 허락되지 않는.

　나는 운동화 코를 바닥에 콕콕 찍으며 생각했다.

　'나는 물고기일 수 없을까? 강물을 거슬러 갈 수도 있는⋯⋯'

　그때 또 나타났다.

　"어? 저 여자."

　이번에도 여자는 왔다 갔다를 수십 번 했다. 그 사이에 해는 지고 있었다. 가게들이 켜 놓은 간판 조명이 점점 선명해졌다. 여자에게 들키지 않으려고 휴대전화를 보는 척했던 나는 이제 대놓고 쳐다보고 있었다. 여자는 내 시선을 전혀 알아채지 못했다. 메디오만 목소리를 높여 나를 질책했다.

'마리나, 정신차리고! 어서 집에 가서 인강 들어.'

"아니, 잠깐이면 돼. 오늘은 토요일이잖아."

'계속 거리에서 시간을 버릴 거야?'

그때 여자가 진자운동을 멈췄다. 머리를 마구 헝클이며 뒤섞었다. 그리곤 두 주먹을 쥐더니 가슴 앞으로 끌어당겼다.

'드디어 결정했나 봐.'

여자가 어느 쪽으로 결정했을지 내가 다 궁금할 지경이었다. 여자는 손가락으로 흐트러진 머리를 쓸어 넘기며 정리하더니 길을 걸어갔다.

'따라가 볼래.'

내가 한 발을 떼었을 때, 메디오가 나를 멈춰 세웠다.

'너 지금 제정신이니? 틀에서 벗어나는 행동은 그만둬. 그건 안전하지 못해.'

눈앞에서 여자가 멀어지고 있었다. 나는 "딱 하루만이야"라고 메디오를 향해 외치며 여자와의 거리를 좁혀 나갔다. 메디오는 나를 따라오며 잔소리를 이어 갔다.

'무모한 일에 네 인생을 허비하지 마. 네 머리로는 죽어라 공부해도 딱 중간인데, 이제 시간까지 낭비하시겠다! 하위 인류로 떨어지고 싶어서 안달이 나셨군. 그래서 언제 상위 인류로 진입할 거야? 상위 인류는 시간 관리를 얼마나 철저히 하는 줄 알기나 해?'

나는 걸음을 멈췄다. 숨을 길게 내뱉었다. 왔던 길을 되돌아봤다가 어두워지려는 하늘을 올려다보았다. 학원 가방 안에 들어 있는 숙제가 무거웠다. 다시 숨을 길게 내뱉었다. 메디오가 말했다.

'그래, 잘 생각했어. 이제야 너답다.'

'나답다고? 나다운 게 뭔데?'

나는 다시 여자의 뒤를 쫓았다.

'야, 너 미쳤냐?'

메디오가 소리 질렀지만 나는 고개를 세차게 저어 쫓아냈다.

사실, 그날 이후로 반창고 가게와 꼬마가 계속 아른거렸다. 그런데 저 여자가 지금 그 가게를 찾아가고 있다. 이번에는 똑똑히 가는 길을 외울 참이다. 미행한다는 것을 눈치채지 못하게 열 걸음 정도 뒤에서 따라붙었다.

한참만에 반창고 가게가 여자 앞쪽에 모습을 드러냈다. 하마터면 나는 "도착했다!"라고 소리 지를 뻔했다. 파스텔톤 알전구는 꺼져 있었고 가게 안을 훤히 드러내 보였던 통유리에는 흰색 블라인드가 내려져 있었지만, 바로 그 반창고 가게가 맞았다.

여자는 가게 앞으로 가더니 가게 문에 걸린 푯말을 손으로 잡아 보고는 그 자리에 풀썩 주저앉았다. 나는 행인처럼 가게와 그 가게 앞에 앉아 있는 여자 앞을 천천히 지나갔다. 푯말에는 이렇게 적혀 있었다.

CLOSE

내가 막 여자를 지나치려 할 때 여자가 울음을 터트렸다. 그 울음은 마치 억울함, 비통함, 원통함, 분함, 슬픔 등을 블렌더에 함께 넣어 간 주스 같았다. 나는 그 주스가 어떤 색일까 잠시 상상했다. 여자의 울음소리가 더 커지지 않았다면 주스의 색을 맞췄을지도 모르겠다.

여자는 분명 길에서 망설이다가 가게 오픈 시간을 놓친 것이 속상한 것일 테다. 나도 그런 적이 많다. 망설임은 내가 잘하는 갈팡질팡의 내적 상태이니까 말이다. 그렇다고 해도 방금 내가 지나간 것을 봤을 텐데 저렇게 목 놓아 울 일인가 싶었다. 집이나 직장에서 뭐 안 좋은 일이 있었나 하는 생각이 들었다. 가서 괜찮으냐고 물어봐야겠다 싶어서 몸의 방향을 막 돌리는 순간, 꼬마의 목소리가 들렸다.

"여기, 받아요."

꼬마가 여자에게 손수건을 내밀었다. 나는 지난번처럼 또 남의 이야기를 훔쳐 듣는 꼴이 돼 버렸다. 내 눈동자가 좌우로 심하게 흔들렸다. 꼬마가 나를 한 번 보더니 살짝 미소 지었다. 왔느냐는 뜻인 것 같았다. 꼬마는 다시 고개를 그 여자한테 돌려 말했다.

"커피 드릴까요?"

꼬마는 왜 울고 있는지 묻지 않았다. 여자는 꼬마가 내민 손수건을 받아 들어 눈물을 닦고, 코까지 풀며 말했다.

"커피는 없다면서? 마카롱 먹고 싶어."

"그럼 마카롱이랑 커피 드릴게요."

꼬마는 이번에는 여자에게 손을 내밀었다. 꼬마가 내민 손을 잡고 여자는 일어나며 물었다.

"문 닫은 거 아니니?"

"아침에 바닷가에 놀러 갔다 왔거든요. 지금 열려고요."

꼬마는 푯말을 뒤집었다.

OPEN

여자는 꼬마를 노려봤다. 그러더니 갑자기 크게 웃었다. 나는 저 여자가 미친 것이 분명하다고 생각했다. 여자는 터져 나오는 웃음을 참지 못하며 말했다.

"나, 진짜 바보잖아. 언제 문을 여는지 닫는지도 모르면서 아침에 열고 밤에 닫을 거라고 생각했던 거야. 내 시간에 맞춰 너도 움직인다고 생각한 거지. 내 멋대로 말이야. 정말 어처구니없지 않니? 그러니까 이렇게 틀 안에 꽉 막혀서 살지. 하하하."

꼬마는 가게 문을 열어, 여자에게 안으로 들어가라고 한 손을 펼쳐 보였다. 여자는 안으로 들어갔다. 여자가 들어가자 꼬마가 나를 보고 말했다.

"들어와서 구경해요. 새로운 것들이 들어왔거든요."

"그래도 돼?"

나는 가게 안의 여자를 한번 보고 물었다. 여자는 진열장의 반창고들을 들여다보고 있었다.

꼬마는 미소를 지으며 고개를 끄덕였다. 나는 문고리를 잡고 있는 꼬마를 지나 가게 안으로 들어갔다. 여자를 피해 반대쪽 진열장으로 갔다. 꼬마는 문을 닫더니 알전구에 생명을 불어넣었다. 알전구는 빛을 내기 시작했다. 가게 안까지 그 빛은 번져 들어왔다.

꼬마는 오크나무 선반 옆에 있는 작은 문으로 들어갔다. 꼬마가 없어지니 공간엔 둘만 남았다. 여자는 아무렇지도 않아 보였지만, 나는 어색했다. 음악이라도 흘러나오면 좋겠다는 생각을 했다. 내 생각과 꼬마의 생각이 통했는지, 곧 가게 안에 음악이 흐르기 시작했다. 저 문 안쪽에 음향 장치가 있나 보다 하는 생각이 들었다.

나는 여자를 힐끔거렸다. 여자는 진열장의 반창고에 꽤 집중한 것 같았다. 나도 반창고에 집중하려 했지만, 꼬마가 들어간 문 안쪽에서 들리는 달그락 소리에 더 집중됐다.

꼬마가 쟁반을 받쳐 들고 나왔다. 쟁반 위에는 얼음을 가득 채운 커피와 마카롱이 올려진 접시가 있었다.

"프랑스에서 방금 구워 온 마카롱이에요."

"너, 뻥이 심하구나."

여자가 미소 지었다. 나는 웃을 기분이 아니었다. 또 내 것은 없었다. 생각해 보니 나한테는 무엇을 마실지 묻지도 않았다. 들어오라는 말이나 하지 말든가.

여자는 빨대로 컵 안에 원을 그렸다. 얼음이 빨대를 피해 컵 안에서 도망쳤다. 이번에는 빨대에 입을 가져가더니 시원한 커피를 꼴깍꼴깍 넘겼다. 그리고 마카롱을 한 번에 두 개씩 입에 넣었다. 울 때는 언제고 잘도 먹는다는 생각이 들었다. 여자가 먹는 모습을 보니 더 억울했다.

나는 가게 벽을 둘러봤다. 메뉴판은 없었다. 내가 커피 말고 다른 것도 있느냐고 물어야 하나, 아니면 음료수를 파는 거냐고 물어야 하나, 아니면 음료수를 먹으려면 어떻게 해야 하는지 물어야 하나 망설이고 있을 때, 여자가 먼저 말을 꺼냈다.

"음, 정말 맛있다. 그런데 이 근처에 바다가 있니?"

꼬마는 대답 대신 주머니에서 조개껍데기 두 개를 꺼내 보였다. 꼬마 손바닥만 한 크기의 새하얀 조개껍데기였다.

"빈껍데기는 뭐하려고? 집 안을 지저분하게 할 뿐이야"

여자는 컵을 들어 입으로 가져가 기울이더니, 빨대로 커피 속의 얼음을 입속으로 밀어 넣었다. 여자의 입에 들어간 얼음은 와그작 소리와 함께 깨졌다. 낭만을 깨는 소리도 이런 소리가 아닐까 싶었다. 꼬마는 조개껍데기를 오크 선반 위 작은 화분 위에 올려놓았다.

"그렇게 놓으니 꽤 근사하네."

"하나 줄까요?"

꼬마가 화분 위에 올려놓은 조개껍데기를 다시 집어 들어 여자에게 내밀었다. 여자는 컵을 내려놓았다. 눈동자를 굴리고 있었다. 망설이고 있다는 증거다. 나도 망설일 때 눈동자를 굴린다.

"고마워. 그래, 그거 나 줘."

여자는 어색한 웃음을 지으며 손을 내밀었다. 꼬마가 조개껍데기를 여자의 손바닥 위에 올려놓았다. 여자는 조개껍데기를 어루만졌다. 그 느낌이 좋은지 계속 만지작거리며 말했다.

"어릴 때 엄마랑 아빠랑 바닷가에 가서 조개껍데기를 주운 적이 있어. 많이 주우려고 열심히 모래사장을 파고 다녔지. 엄마는 집에 가져가 봐야 쓸모없으니까 하나만 고르라고 했어. 나는 한참 고민해서 하나를 골랐어. 쓸모. 그 단어 되게 씁쓸하다. 모든 것에 꼭 쓸모가 있어야 하는 걸까?"

여자는 '쓸모'라는 단어를 여러 번 중얼거렸다. 여자의 중얼거림에 학기 초의 일이 떠올랐다. 엄마는 저녁을 먹고 내가 내민 '학생 기초 조사서'를 작성하고 있었다. 이름, 주소 칸을

술술 적어 내려가다가 부모가 바라는 꿈, 아이가 바라는 꿈이라는 칸에서 볼펜이 멈춰 섰다. 엄마가 내게 물었다.

"너, 꿈이 뭐니?"

나는 망설임병이 또 도졌다. 머뭇거리자 엄마가 말했다.

"꿈이 뭐 별거야? 좋은 직업 갖는 거지. 어떤 직업 갖고 싶어?"

"……."

"성적에 맞는 직업 적으면 되겠지. 아니지, 그보다 더 근사한 직업을 적어야지. 꿈은 크게 가지라고 했으니까. 음, 뭐가 좋을까? 일단 다른 것부턴 먼저 적자."

엄마는 멈춰 세웠던 볼펜을 다시 움직였다. 그리고 학생 건강상 주의할 점, 담임 교사에게 하고 싶은 말 칸으로 넘어갔다. 나는 움직이는 볼펜을 보며 엄마에게 물었다.

"엄마는 어떤 어른이 되고 싶었어?"

내 질문에 엄마의 볼펜이 또 멈췄다. '얘 또 왜 이래?'라는 표정을 지으며 말했다.

"잘나가는 어른이 되고 싶었지."

"엄마 성공했네. 집 잘 나가잖아? 아빠랑 싸우면 할머니댁으로 쪼르르 가잖아."

"마리나! 요즘 좋은 직업 갖기가 하늘의 별 따기야. 직업이 좋아야 사람들도 너를 우습게 안 본다고. 알겠니? 중고등학교 때만 죽어라 공부하면 좋은 대학 가지, 좋은 대학 가면 좋은 직장 잡지. 답이 딱 이렇게 있는데, 어떤 어른이 될지 고민하지 말고 그 시간에 공부나 더 해. 쓸모 있는 어른이 되려면 말이야."

나는 속으로 '속물 어른 하나 추가요'라고 말하며 안방을 나왔다. 엄마에게는 바닷가에 널린 조개껍데기는 희소성 부문에서 이미 낙제점을 받았던 것이다. 지금 생각하니 그 속물에 나도 추가였다. 아닌 척했지만, 흔한 조개껍데기인 중간 인류에서 벗어나 진주를 품은 조개인 상위 인류가 되고 싶었다. 어느 순간부터 내가 좋아하는 것이 무엇인지는 중요하지 않았다. 그것이 진주를 품었는지 안 품었는지가 더 중요했다.

꼬마와 여자의 대화가 길어질 것 같아, 지난번에 앉았던 둥근 의자에 앉아서 반창고를 보는 척했다. 여자가 말을 이었다.

"곧 휴가철이야. 그래서 이번 주 내내 나는 쉴 틈 없이 여권 발급을 위한 서류를 확인하고 도장을 찍었어. 서류를 왜 꼼꼼하게 챙겨 오지 못하는지 모르겠어. 종일 서서 왔다 갔다 하니 저녁엔 다리가 탱탱 붓고, 허리도 아파. 대충 저녁밥을 때우고 누우면 금방 곯아떨어지지."

"제 생각은 안 했어요?"

"너는 아직 어려서 잘 모르겠지만, 어른은 일하고 먹고 자고를 반복하다 보면 무엇을 생각할 틈이 없어."

"안색은 지난번보다 훨씬 나은데요?"

"바쁜 건 때론 치료 약이 되는 것 같아. 모든 걸 잊게 하거든. 그래서 어른들이 바쁘려고 하나 봐. 바쁘면 굉장히 열심히 사는 것 같고, 또 잡념이 들지 않으니까 좋아. 그런 말 있잖아? 몸이 피곤해야 그냥 그러려니 하며 살게 된다는."

"피한다고 진짜 바라는 게 사라지는 건 아니에요."

꼬마의 말에 여자는 잠시 말을 멈췄다. 마카롱을 집어 입에 넣고 커피를 마셨다.

"그런데 여긴 왜 다시 왔어요?"

여자는 꼬마의 물음에 쉽게 답을 하지 못했다. 한참 만에 꺼낸 말은 이랬다.

"갈증 나서."

그리고 남은 커피를 한꺼번에 들이켰다. 여자는 드디어 자리에서 일어났다. 몸을 돌리는 여자와 내 눈이 마주쳤다. 여자의 눈빛은 공허했고 젖어 있었다. 여자는 나를 빤히 쳐다보며 말했다.

"타임머신 같은 거 있으면, 학생 때로 돌아가서 나를 만나 말해 주고 싶어. 사람들이 정해 놓은 답이 진짜 답이 아닐 수 있다고 말이야."

"지금도 늦지 않았어요."

"아니, 늦었어. 커피랑 마카롱 다 얼마야?"

"오늘도 당신 이야기를 들려줘서 고마워요."

여자는 꼬마에게 인사하고 가게 문 쪽으로 걸어갔다. 꼬마가 여자를 불러 세우더니 이번에는 바다를 닮은 색의 밴드를 여자의 새끼손가락에 붙여 주었다.

가게 통창으로 여자가 걸어가는 모습이 보였다. 여자는 몇 걸음 뒤 멈춰 서서 가게를 한번 쳐다보곤 몸을 돌려 갔다.

나는 기다렸다는 듯이 꼬마에게 물었다.

"나도 음료수 먹고 싶어. 어떻게 하면 되는 거야?"

꼬마가 밝게 웃으며 말했다.

"당신의 진짜 이야기를 들려주면 돼요."

나는 꼬마를 쳐다봤다. 갈색 눈동자에 망설이고 있는 내가 보였다. 자신 없었다.

"다른 건 없어?"

"그럼 토요일에 한 시간 청소?"

메디오는 이때다 싶었는지 밖으로 나왔다.

'네 시간을 낭비하는 일은 하지 마! 지나간 시간은 다시 오지 않아. 남들은 지금도 스카에서 문제집을 달달 외우고 있어. 어정쩡한 중간, 지겹지 않아?'

나는 고개를 세차게 젓고 말했다.

"그럼 음료수 무제한이야? 마카롱도?"

꼬마가 고개를 끄덕였다.

"할래, 청소!"

메디오가 한숨을 푹 내쉬었다. 반대로 꼬마는 미소 지으며 고개를 끄덕였다. 그 미소는 묘했다. 장난기, 행복, 환희, 설렘 등을 블렌더에 갈아 만든 주스 같았다.

그때 휴대전화가 울렸다. 엄마다.

"앗, 시간이! 나 빨리 가야 해. 토요일마다 와서 청소할게."

가게 문을 나왔다. 꼬마는 나를 불러 세우더니 내 손에 흰 조개껍데기를 쥐여 주었다.

몇 걸음 걷다 뒤를 돌아보았다. 여전히 'OPEN'이라는 푯말이 걸려 있었다.

"예쁘다!"

밖이 어두운 만큼 알전구의 빛은 더 화려하고 아름답게 반짝였다. 이름 모를 행성이 우주에 떠도는 것처럼 말이다.

빗속에서 춤을

    월요일, 교실에 들어가자 예상 밖의 광경이 펼쳐지고 있었다. 웬일인지 아이들이 윤서 자리에 모여 있었다. 윤서는 반에서 그림자다. 실체는 있지만 존재감은 없는 아이. 윤서가 다리를 다쳐 한 달 정도 학교에 못 나왔을 때도 그 빈자리를 아무도 느끼지 못했다. 걔가 우리랑 학교에 다녔나 싶을 정도였다. 약간은 굽은 어깨와 늘 그늘이 져 있는 어두운 얼굴, 느린 움직임은 그녀를 더 그림자로 만들었다. 수업에는 관심이 없었고, 친구와 어울리는 것에도 관심이 없었다. 윤서는 수업 시간과 쉬는 시간 모두 연습장에 그림만 그렸다. 담임도 딱히 뭐라고 하지 않았고, 우리도 딱히 뭐라고 하지 않았다. 다만 좀 특이한 애라고 생각하고 말았다.

지민이가 놀란 눈으로 서 있는 나를 보자 빨리 오라고 손 짓했다.

"리나야, 이것 좀 봐!"

윤서가 오늘은 연습장이 아닌 패드 위에 그림을 그리고 있었다.

"패드 샀어?"

지민이는 답답하다는 듯이 말했다.

"아니, 그림 보라고. 윤서 연재 계약했대."

그러고 보니 윤서는 그리기 앱을 사용해서 능수능란하게 그림을 그려 나가고 있었다. 그림 속 여자의 머리카락은 패드 안에서 기압 차가 일어나 진짜 바람이라도 부는 것처럼 나부 꼈다. 눈은 자연스럽게 끔벅거렸고, 내민 손이 곧 내게 와서 닿을 것 같았다. 살아 있는 것처럼.

옆에 있던 수아가 말했다.

"야, 윤서는 애니메이션 고등학교로 진학할 거래."

그 옆에 있던 누군가가 그 말을 받아치며 말했다.

"K-웹툰이 세계 각국으로 수출되고 있잖아."

옆에 있던 아이들도 그 기사를 봤다며 맞장구를 쳤다. 그림 자였던 윤서가 당장 내일이라도 웹툰 작가로 성공해 빨강 스포츠카라도 타고 나타날 분위기였다. 그동안 아무도 겉으로는 언급하지 않았지만, 하위 인류로 분류해 놨던 윤서가 한순간 중간 인류를 건너뛰어 상위 인류로 진급해 버렸다. 나는 무엇보다도 하고 싶은 것이 또렷한 윤서가 부러웠다.

그때 지민이가 말했다.

"요즘은 다양성 시대고, 재능 시대라니까."

아이들은 또 맞장구를 쳤다. 그때 수아가 말했다.

"나도 웹툰 작가 될래. 윤서야, 지금부터 시작해도 할 수 있지?"

윤서가 고개를 끄덕이자, 수아는 팔짝팔짝 뛰었다. 지민이도 막 출발 경적을 울리는 기차에 올라탄 사람처럼 말했다.

"나도! 나도!"

나는 지민이의 옆구리를 찔렀다. 너라도 정신 차리라는 뜻이었는데, 지민이는 손뼉을 치며 말했다.

"SF 웹툰 어때? 대박이겠지!"

지민이까지 나서자 나도 입이 근질거렸다. 끼적이는 수준이지만 수첩에 그림을 그리는 것이 취미니까 말이다. 그런데 이런 내가 못마땅한 듯 메디오가 어김없이 튀어나왔다.

'너도 하려고? 너 정도 수준은 널리고 널렸어. 한눈팔지 말고 공부해서 상위 인류로 진입할 생각이나 해. 한길만 가도 목적지에 도착 못 하는 세상이야. 특별한 재능 없으면 공부가 안전빵이지.'

나는 어깨를 늘어뜨린 채 자리로 가서 앉아 문제집을 꺼냈다.

그날 이후 수아와 지민이를 포함해 몇 명의 친구들은 쉬는 시간마다 윤서에게 캐릭터 그리기를 배웠다. 덕분에 그림자 윤서는 친구가 생겼고, 우리의 '중간 인류' 단톡방은 휴면 상태를 맞았다. 라면과 김밥을 먹자는 약속도 안드로메다로 가 버렸다. 하지만 나는 단짝 친구들을 잃을까 봐 불안하지는 않았다.

우리뿐만 아니라 교실의 팔십 퍼센트를 차지하는 대부분의 중간 인류는 귀가 얇다. 본인들은 대세에 발맞추고 있다고 말하지만, 중간 인류가 관심을 두고 발을 디딘 순간은, 이미 그분야에서 성공한 사람이 봇물 터지듯 나온 뒤였다. 늘 뒷북만 치고 만다.

예상했던 대로 수아와 지민이는 십오일 만에 포기 선언하고 내게 돌아왔다. 우리는 기념으로 학교 앞 분식집에 가서 라면과 김밥을 먹기로 했다. 이모가 오랜만에 삼총사들이 왔다며 반겨 주었다. 수아가 주문을 했다.

"떡라면 하나, 치즈라면 두 개, 김밥 두 줄 주세요."

분식집 이모는 너희 입맛은 내 손바닥 안이라는 표정을 지
으며 물었다.

"면발 쫄깃하게 맞지?"

우리 셋은 동시에 "네"라고 대답했다.

이모는 주방으로 들어가더니 불에 냄비를 올려놓고, 김밥
을 말기 시작했다. 나는 앞에 나란히 앉아 있는 수아와 지민이
가 하는 말보다 뒤에서 라면을 끓이는 이모한테 시선이 갔다.
스프를 넣자, 라면 물이 양은 냄비 위로 확 끓어올라 넘쳤다.
스프 냄새가 콧속으로 들어와 뇌를 자극하더니 침샘을 폭발
시켰다. 입안에 고인 침을 삼키며 시선을 두 사람에게 돌리며
물었다.

"왜 벌써 포기했어?"

"엄마가 패드랑 펜슬 못 사준대. 인강이나 밀리지 말고 들
으래."

"내 말이. 딸한테 투자를 안 해."

우리의 꿈은 항상 장비 탓, 엄마 탓으로 끝났다. 분식집 이
모가 쟁반에 주문한 음식을 가지고 나왔다. 탱글탱글한 면발

에 짭조름한 국물이 잘 스며 있었다. 나는 양은 냄비를 씻고 있는 이모에게 물었다.

"이모, 면발 이렇게 쫄깃하게 끓이려면 어떻게 해야 해요? 엄마가 끓여 주면 맨날 퍼져 있어요."

이모는 마치 맛집 특제 소스의 비밀을 공개하듯 은밀하게 말했다.

"너희한테만 말해 주는데……."

뜸까지 들였다.

"스프 먼저 넣어."

우리는 "애걔, 그게 뭐야"라고 말하고, 김밥을 라면 국물에 빠뜨렸다가 건져 먹었다. 급격히 말수가 줄고 손에 쥔 젓가락만 빠르게 움직였다.

분식집을 나와 셋은 각자의 학원으로 가기 위해 흩어졌다. 몸은 흩어졌지만, 우리 셋은 '중간 인류' 단톡방에서 실체 없는 대화를 이어갔다. 둘이 먼저 학원으로 입성하자, 단톡방은 정적이 흘렀다. 나는 또 잠시 혼자 보내야 했다.

시간이나 때우려고 유튜브 검색을 시작했다. '라면'이라고만 쳤는데, 라면 끓일 때 먼저 넣으면 안 되는 것, 라면 끓이는 64가지 방법, 면발 쫄깃하게 끓이는 방법, 라면 먹방, 스프를 넣으면 왜 끓어오를까, 라면 스프의 비밀, 라면송 등 수십 개의 영상이 떴다. 썸네일을 내려 보다가 이모가 라면 스프를 넣자 양은 냄비가 확 끓어 넘친 게 떠올라 그 영상을 클릭했다. 음소거한 채로 자막을 읽었다.

[그것은 돌비 현상입니다.]

'이런 것도 이름이 있어?'

설명 영상과 함께 자막이 나왔다.

[물이 이미 백 도 이상으로 가열되었는데, 물 내부에 수증기가 생성될 만한 핵이 없어서 끓어오르지 못하고 있다가, 스프를 넣으면 이 스프가 핵 역할을 하여 스프 입자를 중심으로 수증기가 폭발적으로 생겨 끓어 넘치는 것입니다.]

'뭔 소리야? 이러니 구독자가 적지.'

나는 바로 창을 닫았다. 돌비 때문에 9분 55초나 써 버렸다. 돌비인지 돌솥비빔밥인지 모르겠지만, 중간 인류에게도 핵이 없다는 생각이 들었다. 그래서 아무거나 들어오면 들어온 대로 끓어오르는 척했다가 다시 잠잠해져 버리는 것인지도 모르겠다. 나는 휴대전화를 주머니에 넣었다. 5층 학원으로 가는 승강기 버튼을 눌렀다.

*

드디어 토요일이 됐다. 학원 오전 보강 수업을 듣고 밖으로 나왔다. 1시가 조금 넘었다. 하늘이 어두웠다. 일기예보를 보니 비 올 확률이 사십 퍼센트라고 적혀 있었다.

"알바하러 가 볼까?"

메디오의 만류를 뿌리치고, 반찬고 가게로 향했다. 지난번 여자를 봤던 그 지점부터 출발했다. 아래로 내려가서 진미 반찬 가게, 휴대폰 할인 매장 등이 있던 코끼리 타워를 지나치면 된다. 그런데 그런 상호가 적힌 간판을 단 가게가 없었다. 이 쯤이었다 싶은 거리에는 은행 365코너와 정육점, 과일 가게가 있었다.

"도대체 어디야?"

나는 방향을 잘못 잡았나 싶어서 다시 여자를 봤던 그 지점으로 갔다. 그리고 위로 올라갔다. 역시 코끼리 타워는 없었다. 코끼리 타워를 찾는 것은 포기하고 사거리와 커피점을 찾기로 했다. 다시 아래로 내려갔다. 과일 가게를 지나쳐서 더 아래로 내려갔다. 뭔가 달랐지만, 사거리가 나왔다. 사거리 건너편에 커피를 파는 곳도 있었다. 그런데 기억했던 것과는 다르게, 건물이 아니라 커피차였다. '아메리카노 천 원'이라고 적힌 큰 현수막이 파랗게 색칠한 커피차 상단에서 펄럭이고 있었다. 메디오가 꼴좋다고 비아냥거리자 더 오기가 생겼다. 메디오는 입을 삐죽 내밀더니 더 고생해 봐야 정신을 차린다며 혀를 찼다.

"일단 저걸 커피점으로 보고, 왼쪽으로 가 보자."

밑져야 본전이라는 생각을 하며 커피차를 돌아 왼쪽 골목으로 내려갔다. 이제부터는 기억이 안 났다. 그래도 포기할 수 없었다. 나는 숨을 한 번 크게 들이마시고 운동화 끝을 봤다. 내 운동화 끝을 믿어 보기로 했다. 다시 걷기 시작했다. 운동화 끈이 나풀거렸다. 이번에는 비아냥이 아니라 나를 응원하고 있는 것 같았다.

이쯤이지 않을까 생각하고 고개를 들었다. 마침내 가게 앞이었다. 놀라서 입을 다물지 못했다. 하지만 기쁨도 잠시였다. 불행히도 그 여자도 가게 앞에 쪼그리고 앉아 있었다.

이번에는 이른 시간에 저러고 있는 것을 보니, 오는 길에 망설이지 않은 모양이었다. 이번에도 들어가지 않고 저러고 있는 걸 보니, 문 앞에 'CLOSE'라고 적힌 푯말이 걸려 있나 보다 하고 생각했다.

나는 이번에는 행인인 척하지 않고, 여자와 좀 떨어진 곳에 당당히 자리를 잡고 섰다. 가게 청소를 맡았으니 엄연히 반창고 가게 직원이다. 여자는 내가 옆에 서 있는데도 눈길 한 번 주지 않았다. 나는 알바생답게 먼저 인사를 해야 하나 잠시 망설였다. 어울리지 않게 산뜻한 초록색 원피스를 입은 여자는 이마에서 흘러내리는 땀을 닦으며 혼잣말을 했다.

"또 바다에 갔나 보네."

그리고 몸을 일으켜 세웠다. 여자는 가게 앞쪽으로 오십 미터쯤 떨어져 자라고 있는 보리수나무 아래로 자리를 이동했다. 이번에는 나무가 만들어 낸 그늘 아래 놓인 긴 의자에 앉았다. 나와 여자는 공교롭게 대각선으로 마주하고 있었다. 하지만 여자는 여전히 나를 본 체도 안 했다. 나를 피해 자리를 이동한 것이 영 마음에 들지 않았다. 나는 알바생으로서 먼저 인사해야 하지 않을까 하는 부담감을 떨쳐 버리기로 했다. 저 여자는 보면 볼수록 참 별로다. 꼬마가 빨리 왔으면 하고 바랐지만 한참을 기다려도 오지 않았다. 나는 가게 앞에 쪼그리고 앉았다.

'가게 열쇠를 받아 뒀어야 했어.'

여자와 나는 번갈아 가며 가끔 일어나서 까치발을 들고 멀리까지 내다봤다. 하지만 꼬마의 모습은 보이지 않았다. 나는 저 여자가 먼저 자리를 떠 주기를 바랐다.

석양이 내려앉을 때쯤 꼬마가 걸어왔다. 나와 여자는 동시에 일어났다. 여자가 먼저 꼬마를 향해 성큼 걸어가더니 큰 소리로 말했다.

"너, 도대체 언제까지 나를 기다리게 할 거야?"

나는 꼬마를 향해 옮기던 걸음을 멈춰 세웠다. 꼬마가 활짝 웃으며 여자에게 말했다.

"곧 비가 올지도 모르겠어요. 비 온 날 바닷가는 또 나름 예뻐요. 같이 가실래요?"

"너는 음식 먹는 예절을 먼저 익히고, 그 다음에는 사과하는 방법을 익혀야겠어. 지금은 사과를 먼저 해야지. 그리고 나에게는 한가하게 바다나 볼 시간이……."

꼬마는 화를 내는 여자의 손을 살포시 잡았다. 여자는 그제야 하던 말을 멈췄다. 꼬마는 다시 바닷가에 가 보자고 말했다. 여자는 화가 가라앉은 목소리로 말했다.

"비가 올지도 모른다면서 무슨 바닷가 타령이야."

여자는 한 손으로 하늘을 가리켰다. 하늘은 잔뜩 찌푸려 있었다. 내가 하늘이라도 저 여자를 내려다보면 그럴 것 같았다. 아니, 당장 폭우를 퍼부어 줄 것 같다.

꼬마가 세 번째 가자고 말하자 여자는 못 이기는 척 따라 나섰다. 또 나만 가게 문 앞에 덩그러니 남을 상황에 놓였다. 뭐라고 말해야 하지……. 같이 가겠다고 해야 하나, 가게 문을 열어 주면 청소하고 있겠다고 해야 하나. 후자였으면 하는 마음으로 더듬거리며 꼬마에게 물었다.

"나-는?"

내 목소리가 들리지 않는지 둘은 뒤를 돌아보지 않았다. 나는 급한 마음에 더 크게 소리쳤다.

"나는?"

꼬마가 드디어 뒤를 돌아 나를 봤다. 그때 여자가 꼬마 손을 잡아끌며 비 오기 전에 빨리 갔다 오자며 재촉했다. 나는 저 여자는 진짜 못돼먹었다라고 생각했다. 저런 여자가 내 언니가 아니어서 천만다행이었다. 저 여자한테 만약 동생이 있다면 그 애는 세상에서 가장 불행할 것이라는 생각마저 들었다. 꼬마가 여자 손을 잡고 뛰어가자 나도 심통이 났다. 맨날 나만 찬밥 신세였다. 내 안의 메디오가 '자꾸 말 안 듣더니 꼴 좋다'고 비웃었다. 나는 윗니로 아랫입술을 한 번 깨물고 빠른 걸음으로 두 사람의 뒤를 따라붙었다.

둘 사이에 끼고 싶지는 않아서 열 발걸음쯤 뒤에서 따라갔다. 나도 자존심이란 게 있다. 둘의 걸음이 빠른 건지, 날이 흐려서인 건지 앞에 가던 두 사람의 모습이 자꾸 흐려졌다 나타났다 했다. 나는 둘을 놓칠 새라 눈을 더 크게 뜨고 다섯 발걸음 정도로 간격을 좁혀 따라갔다.

'버스 타러 가는 거 아니었어?'

건물 몇 개를 지나치고 골목 몇 개를 돌자 물안개가 어디선가 다가오기 시작했다. 마치 무대 위로 대형 연무기를 작동시켜 놓은 것 같았다. 파도 소리도 들려왔다.

'걸어갈 만한 거리엔 바다가 없는데…… 분명히…….'

물안개는 순식간에 진해져 앞을 가렸다. 나는 자존심이고 뭐고, 두 사람의 뒤에 바짝 붙어서 따라갔다. 마음 같아서는 꼬마의 손을 잡고 가고 싶었는데 그 여자한테만 손을 내밀고, 그 여자한테만 바닷가에 가자고 한 것이 여전히 서운했다. 이건 내 마지막 자존심이었다.

'내 손도 잡아 주면 어디 덧나나?'

등과 이마에서 땀줄기가 흘러내렸다. 한참 만에 둘은 멈춰 섰다. 나도 멈춰 섰다. 얼굴에 맺힌 땀을 팔로 닦아 냈다. 물안개가 마치 우리를 기다렸다는 듯이 서서히 걷히기 시작했다. 순간 나는 놀라 소리를 지르고 말았다. 물론 그 여자도 소리를 지르는 바람에 내 소리는 그 여자의 목소리에 묻혀 버렸다.

눈앞에 하얀 모래사장이 끝없이 펼쳐져 있었다. 파도가 빠르고 강렬한 음악에 맞춰 춤을 추듯 일렁였다. 분명 내 기억 속의 그 바닷가였다. 조개껍데기를 주워 모았던 그곳, 아빠와 엄마 손을 잡고 물장난 치던 그곳 말이다.

먼저 평정심을 찾은 여자가 말했다.

"진짜 바닷가가 있을 줄이야. 날이 좋을 때는 더 아름답겠는걸."

처음으로 같은 생각이었다. 나는 아주 작게 고개를 끄덕였다. 여자의 담담한 표현에 꼬마는 웃으며 말했다.

"날이 좋고 안 좋고는 상관없어요."

여자와 나는 꼬마를 물끄러미 쳐다봤다. 초록빛 단발머리에 갈색 눈동자, 가늘지만 단단해 보이는 몸이 빛까지 내고 있었다.

그때 빗방울이 한 방울씩 얼굴에 내려앉기 시작했다. 여자가 말했다.

"거 봐, 비 오잖아. 이건 소나기야. 일단 저기로 피하자."

한두 방울 떨어지던 비는 금세 무섭게 내리기 시작했다. 이번에는 여자가 꼬마의 손을 잡았다. 그리고 커다란 나무 아래로 데리고 갔다. 나는 이번에도 찬밥 신세였다. 또 둘의 뒤를 따라 보리수나무 아래로 갔다. 무성한 나뭇잎이 우산 역할을 톡톡히 했다. 나뭇잎 사이로 떨어지는 빗방울은 어쩔 수 없었지만 말이다. 여자가 꽤나 현명한 판단을 했다는 듯 말했다.

"여기 있으면 비를 덜 맞을 거야. 소나기가 지나가면 가게로 돌아가자."

여자는 앞으로 흘러내린 머리를 뒤로 쓸어 올렸다. 꼬마가 여자를 봤다.

"비를 덜 맞는 게 중요해요?"

꼬마의 질문에 여자는 움직이던 손을 멈췄다. 나는 쌤통이다 싶었다. 둘 사이가 의견 충돌로 빨리 갈라졌으면 했다.

꼬마는 대답을 머뭇거리는 여자를 뒤로하고, 곧장 빗속으로 뛰어갔다. 그리고 물웅덩이를 톡톡 차며 빙글빙글 돌았다. 꼬마는 우리가 있는 쪽을 향해 빨리 오라며 손짓을 했다. 여자는 고개를 절레절레 흔들었다. 나도 고개를 저었다.

"여분 옷도 없고, 가방도 젖으면 곤란해."

여자와 내가 통했다. 꼬마는 비에 금세 전부 젖어 버렸다. 그러나 하나도 가엾게 보이지 않았다. 오히려 너무나 즐거워 보였다. 부러워 미칠 지경이었다.

꼬마가 다시 우리를 향해 손짓했다. 우리는 동시에 고개를 저었다. 좀 전보다는 약하게 말이다. 그 여자의 마음은 모르겠지만, 내 마음은 이미 발로 물웅덩이를 차고 있었다. 여자가 작은 소리로 말했다.

"어른이 되면 마음과 다르게 몸을 움직이는 경우가 많아져. 싫은데도 고개를 끄덕인다든지, 좋은데도 고개를 가로젓는다든지 말이야."

나는 놀라 여자를 쳐다봤다. 저 인정머리라고는 눈곱만큼도 없는 여자가 지금 나에게 말을 걸다니 믿기지 않았다. 뭐라고 대답해야 할지 망설였다. 아니, 사실은 질문이 아니어서 어떤 대답을 해야 할지 몰랐다.

그때 꼬마가 우리에게 다가오더니 양손을 내밀었다. 나는 가방을 나무줄기 가까이에 내려놓고 여자가 먼저 잡기 전에 꼬마의 손을 잡았다. 여자도 몇 번 더 거절하더니 가방을 내려놓고 꼬마의 손을 잡았다. 물에 젖은 꼬마의 손은 부드러웠다. 꼬마는 우리를 모래사장으로 이끌었다. 젖어 있는 하얀 모래가 발바닥을 간지럽혔다.

금세 홀딱 젖었다. 우리는 꼬마의 손을 잡고 빙글빙글 돌았다. 때마침 바닷가에 있는 스피커에 음악이 흘러나왔다. 여자는 뭔가 대단한 것을 발견한 듯 웃기 시작했다.

"맞아, 마리나! 행복한 순간을 얻으려면 이렇게 용기가 필요해."

우리는 신나게 춤을 췄다. 빗소리, 음악 소리, 웃음소리가 섞여 또 다른 소리를 만들었다. 마치 꿈이 소리가 있다면 이런 소리일 것 같았다. 머리부터 발끝까지 물을 먹은 빨래처럼 무거워졌지만, 기분만은 최고였다.

'우리 반 윤서는 그동안 이렇게 빗속에서 홀로 춤을 췄던 거야.'

윤서를 하위 인류로 분류해 놨던 나 자신이 부끄러웠다.

꼬마가 말했다.

"이제 가게에 가서 따뜻한 코코아를 마셔요."

배정 희망서

꼬마가 앞장섰다. 여자는 나무 아래 가방을 챙겨 들었다. 내 가방도 챙겨 건네줄 줄 알았는데 자기 가방만 들고 꼬마를 따라 달려갔다. 나는 황당했다. 방금까지 같이 춤췄으면서 또 못 본 척이다. 역시 사람은 고쳐 쓰는 것이 아니다. 나는 젖은 가방을 들고 두 사람의 뒤를 따랐다. 또 찬밥 신세였다.

바다에 올 때 봤던 물안개를 다시 뚫고 가게에 도착했다. 가게에 도착하자 꼬마는 수건 몇 개를 진열장 위에 올려놓고, 벽난로를 켰다. 그리고 코코아를 준비하겠다며 가게 안쪽 오 크나무 문 안으로 들어갔다.

여자는 수건으로 젖은 머리와 몸을 닦았다. 지난번에 꼬마 가 붙여 준 새끼손가락에 감겨 있던 바다색 반창고가 이음새

부분이 헐거워져 있었다. 여자는 젖은 반창고를 빼서 버렸다. 나는 가방은 그렇다 쳐도 진열장 위에 있는 수건은 나한테 건넬 수 있을 텐데 자기만 닦고 있는 여자가 또다시 미워졌다. 잠시 통한다고 생각했던 나의 뇌까지도 미웠다. 나는 씩씩거리며 진열장으로 가서 수건 두 개를 가져와 닦았다.

오크나무 문 안에서 달콤한 코코아 냄새가 났다. 여자는 벽난로 옆으로 의자를 가져가 앉더니 가방하고 옷을 말렸다. 보통 인성의 사람이라면 "애, 너도 이쪽으로 와서 말리렴" 했을 텐데, 그런 기대조차 안 하는 편이 나았다. 여자는 내가 노려보고 있는 것도 모르고 혼잣말을 했다.

"뒤처리는 늘 이렇게 번거롭다니까."

"하지만 이렇게 신이 났던 적은 없는 것 같아."

"늘 비를 피하려고만 했었어."

"맞서는 것도 꽤 괜찮네."

"꼬마 때는 일부러 비를 맞았는데, 그 꼬마가 어느새 겁쟁이 어른이 돼 버렸잖아. 가엾게."

여자는 난롯불을 보며 그동안 단단히 붙들고 있었던 초점을 내려놓았다. 한결 편안해 보였다. 나는 일부러 터벅터벅 걸어 난롯불 앞에 섰다.

그때 꼬마가 쟁반에 코코아를 받쳐 들고 나왔다. 또 두 잔뿐이었다. 사람은 셋인데 말이다. 꼬마는 컵 하나를 여자에게 내밀었다. 여자는 받아 들며 말했다.

"달아서 잘 먹지 않는데, 오늘은 먹어 보고 싶어."

따뜻한 코코아가 몸속으로 들어가자 여자는 낮은 신음소리를 냈다. 행복한가 보다. 하지만 나는 정반대였다. 또 내 코코아는 없었다. 나는 다시 터벅터벅 걸어서 진열대 앞 둥근 의자에 앉았다. 이제 보니 찬밥에게 딱 어울리는 자리였다. 그때 꼬마가 내게 다가오더니 손에 들고 있던 잔을 내밀었다. 코코아 향이 침샘을 자극해야 하는데 눈물샘을 자극했다. 나는 훌쩍거리며 잔을 받아 들었다. 꼬마는 잔을 건네고 다시 여자한테로 갔다. 그리고 의자를 끌어다 여자 옆에 앉았다. 꼬마가 앉자 여자는 말했다.

"어른이 된다는 건 걱정이 많아지는 것 같아. 옷이 젖을까 걱정, 젖은 가방을 남이 이상하게 볼까 걱정, 감기에 걸릴까 걱정, 내일 출근을 못 하게 될까 걱정 등 말이야. 그 걱정은 나를 겁쟁이로 만들어 버려."

여자는 코코아를 한 모금 마셨다.

여자가 아주 조금 측은하게 느껴졌다. 나를 보는 것 같았다. 나도 요즘 걱정이 많다. 특히 어른이 됐을 때, 아무것도 안 되어 있으면 어쩌나 불안하고 걱정된다.

"정해진 답이 있다는 생각을 벗어 던져요. 훨씬 편해질 거예요. 그 답에 나를 맞출 필요가 없어지니까요."

꼬마의 말이 화살이 되어 여자의 가슴에 박힌 건지 여자의 얼굴은 일그러져 있었다. 여자는 집에 가겠다며 가게를 나섰다. 꼬마는 가게 문을 나서는 여자를 불러 세우더니 클로버 무늬 반창고를 붙여 주려 했다. 여자는 집에 가서 붙이겠다며 받아서 가방에 넣고 꼬마를 물끄러미 바라봤다. 이제 여자가 "너 왜 이렇게 버릇없니? 어른 앞에서 잘난 척은. 다시는 여기 오지 않을 거야"라고 말하고 문을 꽝 닫고 나갈 차례였다. 드디어 둘 사이가 갈라지는 현장을 두 눈으로 목격할 순간이 왔다. 여자는 입을 뗐다.

"정해진 답이 있는 줄 알았어. 그렇게 답을 쫓아서 살았거든. 그런데 그게 답이 아닌 거야. 그래서 여전히 답답해. 다음에 또 올게."

여자는 애매한 말을 남기고 문을 닫고 나갔다. 나는 꼬마가 "무슨 귀신 씻나락 까먹는 소리야?" 하고 따져 묻고, "다시는 오지 마!"라고 말해 주길 바랐다. 적어도 내가 가게 주인이

라면 그랬다. 그러나 내 바람과 전혀 다르게 꼬마는 오히려 내게 가게 문을 닫아야 한다고 말했다. 황당스러웠다. 고래 싸움에 새우 등이 터진 꼴이었다.

나는 남은 코코아를 급하게 한 번에 다 마시고, 가게를 나왔다. 뭔가 억울했다. 그래서 가게로 다시 뛰어 들어가 꼬마에게 말했다.

"다음 주부터는 꼭 먼지 하나 없이 가게 청소를 할 거야. 알겠지? 그러니까 나도 저 언니처럼 대해 줘."

집으로 오는 길에 또 소나기가 한 차례 퍼부었다. 사람들은 분주하게 달려 비를 피할 곳을 찾았다. 분주하게 달리는 사람들 속에 천천히 걸어가고 있는 여자가 보였다. 초록색 원피스를 입은 바로 그 여자였다.

나는 여자의 뒷모습을 보며 천천히 걸었다. 우리는 또 금세 홀딱 젖어 버렸다. 약속이라도 한듯 우리는 하늘을 올려다보며 동시에 말했다.

"그래도 오늘 참 좋다."

*

집에 도착해 씻고 젖은 옷을 세탁기에 넣고 방으로 들어갔다. 휴대전화로 다시 근처에 바다가 있는지 찾아봤다. 역시 없었다. 나는 지민이에게 전화를 걸었다. 지민이라면 혹시 답을 알고 있을지도 몰랐다.

"지도에는 없는데 걸어서 바다에 갈 수 있어?"

수화기 너머 답이 없었다. 내가 너무 황당한 소리를 해서 전화를 끊었나 싶어 다시 이름을 불렀다.

"지민아?"

"아, 미안. 화장실이야."

물 내리는 소리가 들렸다.

"아인슈타인이 시간은 일정하지 않고 끊임없이 변하며, 시간과 공간이 연결되어 있다는 걸 증명했잖아?"

"언제 그런 것까지 증명한 거야? 천재들은 별걸 다 증명한다니까."

"아무튼, 그렇다면 네가 보고 있는 지도가 전부가 아닐 수도 있다는 거지."

"그건 또 무슨 소리야?"

"차원이 다른 시공간이 공존한다……. 야, 너 때문에 똥 급하게 끊었더니…….""

곧 힘주는 소리가 들렸다. 나는 더 듣고 있다가는 토할 것 같아서 전화를 끊었다.

다음날 교문을 막 통과하는 지민이에게 달려가 옆구리에 팔짱을 끼며 물었다.

"어제 똥은 잘 싸셨나, 너희 집 변기 막힌 거 아니지?"

"전혀. 아마 내 똥은 또 다른 행성으로 가서 대변의 삶을 살고 있을걸."

언제 왔는지 수아가 우리를 멈춰 세우더니 노려봤다.

"야, 너희 아침부터 더럽게! 이번에 북촌 한옥 마을에서 축제하던데, 같이 가자."

"다음 주 토요일이지?"

나도 곳곳에 붙여진 홍보용 포스터를 봤다. 매년 하는 견우와 직녀 축제여서 특별할 것은 없었다.

수아가 목소리를 최대한 낮추며 말했다.

"이건 고급 정보인데, 삼총사 그날 거기서 버스킹한대."

"걔네는 인간 맞아? 노래도 잘하고 운동도 잘하고 악기도 잘 다루고. 세상은 너무 불공평해."

"불공평하긴? 그런 남자를 남친으로 두면 되지. 아니면, 남편? 우리 엄마가 여자는 남자 잘 만나면 된다고 했어."

수아의 목소리는 꽤 자신이 넘쳤다. 그냥 넘어갈 지민이가 아니었다.

"말도 안 돼! 그런 기생하는 삶은 정말 싫어."

수아는 지민이의 말에 전혀 타격을 입지 않았다. 나를 보며 말했다.

"리나가 진호랑 어릴 때 잠깐 동네 친구였으니까, 가서 말 걸자. 리나를 미끼 삼아 나와 진호가 친해지는 거지. 마리나, 내 계획 어때?"

"나는 그날 학원 숙제도 해야 하고, 또 가야 할 곳도 있어 ⋯⋯."

사실, 진호 보기도 불편하고 꼬마네 가게에도 가야 해서 핑계를 댔다.

"야, 하루 더 공부한다고 중간 인류가 갑자기 상위 인류 되냐?"

"우리 어머니께서 늘 하시는 말씀이 있지. 오를 때는 에베레스트인데 내려갈 때는 워터슬라이드라고. 고로⋯⋯."

"아, 됐고. 다 가는 거다, 응?"

수아의 재촉에 지민이와 나는 마지못해 고개를 끄덕였다.

*

윤서의 주변엔 여전히 아이들이 모여 그림을 배우고 있었다. 앞문으로 담임이 들어오자 아이들은 아쉬운 듯 자리로 돌아가서 앉았다. 영어 단어를 외우는 아이, 학원 숙제를 하는 아이, 책을 읽는 아이, 멍하게 창문을 보는 아이, 아침부터 졸린지 엎드려 있는 아이 등 각양각색이었다. 하지만 교실은 조용했다.

종례 시간, 담임은 모두에게 잠시 집중하라며 고등학교 배정 희망서를 나눠 주었다. 집에서 부모님과 잘 읽어 보고 작성해 오라고 했다. 1차 희망 조사이고, 수요 조사 차원이니 확정되는 것은 아니라고 부연 설명도 했다.

학원 시간까지 딱 삼십 분이 남았다. 우리는 학교를 나서자마자 카페로 향했다. 옆 테이블엔 세 명의 아주머니가 앉아 있었다. 자녀의 학원 픽업을 위해 대기하고 있는 것 같았다.

"오늘 애들 배정 희망서 나눠 줬다며?"

정보도 참 빠르다. 하교한 지 십 분도 안 된 것 같은데 학교 정보에 빠삭하다니. 아주머니들은 갑자기 목소리 크기를 확 줄여 이야기했다.

"특목고 보내야지. 거기는 교육 과정 자체가 달라. 엘리트 코스란 것이 있다잖아."

"내신 생각하면 일반고가 낫지 않을까? 뱀의 머리가 될 수도 있잖아."

"수준 비슷한 애들끼리 만나야지, 면학 분위기란 게 있잖아. 그리고 자기들끼리 인맥도 쌓고. 그게 다 나중에 사회에서 큰 힘이 된다니까."

"자기 요즘 과외 선생 바꿨다며? 정보 좀 공유해 줘."

"선생님이 더는 학생을 안 받는대서, 미안."

아주머니들 속닥거리는 소리에 체할 것 같았다. 우리는 죄지은 것 마냥 허겁지겁 음료를 마시곤 남은 음료를 컵에 담아 카페를 나왔다. 나는 숨을 크게 내쉬며 말했다.

"고등학교 배정 희망서가 인류 구분 증명서 같아. 당신은 인류의 팔십 퍼센트를 차지하는 중간 인류입니다. 땅! 땅! 땅!"

지민이가 담담하게 맞장구쳤다.

"소고기도 A++, A+, 일반 등급으로 나뉘고, 사과도 특품, 상품, 중품, 하품으로 나뉘고, 우리도 상, 중, 하로 나뉘는 거지."

수아가 빨대로 음료를 쪽 빨며 말했다.

"A++ 고기가 지방이 많아 몸에 더 안 좋아. 그런 것 신경 쓰지 말자."

신경을 안 쓰겠다고 해놓곤 우리는 급격히 말수가 줄어들었다. 어깨를 축 늘어뜨리고 학원으로 갔다.

거리에 즐비한 학원 간판이 우리를 옥죄어 오는 것 같았다. 너희는 학교 수업만으로는 계층 사다리를 오를 수 없다고 서로 다투어 아우성치는 것 같았다. 어느 간판 하나도 내가 진짜 하고 싶은 것이 무엇인지 묻지 않았다. 가방에 들어 있는 배정 희망서 종이 한 장이 이렇게 무거울 수 있을까?

그때 누군가 내 가방을 톡톡 두드렸다. 나는 놀라 뒤돌아봤다. 진호였다.

"나도 여기로 학원 옮겼어."

"……."

"견우와 직녀 축제에서 버스킹하는데, 올래?"

"……."

진호는 내 눈을 빤히 쳐다봤다. 그 모습이 낯익으면서 낯설었다.

"나 먼저 들어갈게. 또 보자."

진호는 A반으로 들어갔다. 그제야 나는 말문이 터졌다.

"뭐야, 저 자식! 나 물 먹이려고 학원 옮긴 거야?"

어릴 때 같이 미끄럼틀 탔던 우리가 아니었다. 진호와 나는 어느새 다른 부류의 사람이 되어 있었다.

나는 휴대전화를 꺼내 엄마한테 메시지를 남겼다.

> 엄마, 다음 달에
> 수아랑 지민이 다니는
> 학원으로 옮길게.

> 휴대전화 압수해서 싫다더니?

> 그냥. 이 학원이 더 싫어.

나는 휴대전화를 주머니에 구겨 넣고 B반으로 들어갔다. 수업 내용이 하나도 귀에 안 들어왔다. 오늘도 학원 전기세만 대신 내주고 오는구나. 학원 건물을 빠져나오는데, 진호가 입구에 서 있었다.

"마리나, 이제 끝났어?"

"나한테 말 걸지 마. 내 친구 수아가 너 좋아해. 괜히 내 입장이 곤란해져. 나는 너한테 관심 일도 없는데, 오해 받는다고."

"내가 너한테 관심 있는데?"

"지금 너랑 장난할 기분 아니야!"

나는 얼굴이 화끈 달아오르는 것을 감추려고 버럭 소리를 질렀다.

"시간 괜찮으면 떡볶이 먹을래?"

"아니, 시간 없어."

마음과 다르게 말이 차갑게 나왔다. 학원 아이들이 우리를 쳐다봤다. 정확히는 진호를. '만찢남'이라고 곁눈질하며 수근거렸다. 진호는 아랑곳하지 않고 말을 이었다.

"희망 학교 어디 쓸 거야?"

"그걸 네가 알아서 뭐하게? 어차피 너랑 나랑은 갈 길이 다른데."

나는 씩씩거리며 앞으로 걸어갔다. 뒤를 보지 않아도 진호가 따라오고 있는 게 느껴졌다. 심장이 마구 뛰었다. 멈춰 서서 고개를 휙 돌려 쏘아붙였다.

"왜 따라오는 거야?"

예상과 다르게 뒤에 진호는 없었다. 지나가던 사람들이 나를 이상한 눈으로 쳐다봤다. 괜히 실망스러웠다. 진호한테 말고, 나한테.

'참 못났다, 마리나. 진호한테 이렇게 자격지심 가질 일이야?'

반창고

진호 때문에 매일 긴장하며 학원을 드나들었더니 더 피곤했다. 그렇게 시간이 흘러 드디어 토요일이 왔다. 눈을 뜨자마자 반창고 가게로 향했다.

내가 들어가자 꼬마는 기다렸다는 듯이 청소를 부탁한다는 말만 하고 급하게 가게를 나갔다. 저번에 갔던 바다에 관한 질문은 일단 보류다.

진열장 앞에 꼬마가 미리 준비해 둔 청소 도구가 보였다. 나를 찬밥 신세에서 VIP로 바꿔 줄 마법 도구였다. 나는 일단 가게 문을 활짝 열었다. 먼지떨이를 들고 진열장의 먼지를 털었다. 가게 안으로 들어온 빛이 숨어 있던 먼지를 찾아냈다. 방심하고 있던 먼지들이 급습에 놀라 공중에서 우왕좌왕했다.

나는 먼지를 한 톨도 남겨 두지 않겠다는 마음으로 다 밖으로 내쫓았다. 먼지떨이를 의자에 놓고, 이번에는 마른걸레를 들었다.

"웬일이야, 이제 날 믿는다는 뜻인가?"

열쇠가 채워지지 않은 진열장을 보자 은근히 기분이 좋았다. 진열장을 열어 반창고가 들어 있는 상자를 마른걸레로 닦았다. 어찌나 정성을 들여 깨끗하게 닦았는지 나무 상자로 반사광이라도 만들어 낼 판이었다.

"이게 평행우주 여행을 시켜 준다고?"

진남색 반창고 하나를 집어 들어 약지에 감았다.

"이게 어떻게 된 일이야?"

진남색 위에 반짝이는 점이 하나 생겨났다. 점은 천천히 늘어나더니 납작한 원반 모양이 되었다.

"은하수잖아. 어머, 움직였어. 이게 어떻게 된 거야?"

"흠, 흠."

그때 등 뒤에서 인기척이 들렸다. 나는 깜짝 놀라 손을 뒤로 숨긴 채 몸을 손님에게로 돌렸다. 헝클어진 머리를 검은 모자로 눌러쓴 남자가 서 있었다. 남자는 몸을 숙이더니 땅에 떨어져 있는 반창고를 주웠다.

"저, 지금은 주인이……."

"조카가 가게를 맡겨 두고 어딜 갔나 보군요."

"아, 네. 저는 알바생이에요. 청소하는 중이었어요."

나는 남자가 묻지도 않는 말을 했다. 반창고를 착용하는 모습을 봤다면 도둑질로 오해할 수도 있겠다 싶어서였다. 남자는 말했다.

"들었어요."

"아, 제 이야기를 했어요?"

남자는 고개를 끄덕이곤 손에 쥔 반창고를 만지면서 말했다.

"조카가 오면 반창고 하나를 사갔다고 말해 줘요. 그리고 이거."

남자는 주머니에서 만 원을 꺼내 내밀었다. 나는 돈과 남자를 번갈아 쳐다보았다. 모자 아래로 보이는 남자의 각진 얼굴은 햇볕에 검게 그을렸고, 돈을 들고 있는 남자의 손은 마른 흙처럼 까칠하고 고단해 보였다. 나는 꼬마가 삼촌을 전혀 닮지 않았구나 생각했다.

"아무리 조카여도 계산은 확실해야 하니까요."

남자는 돈을 더 가까이 내밀었다. 나는 어쩔 수 없이 받았다.

"죄송한데, 지금 거스름돈이 없어요."

가격이 얼마인지 모르지만, 남자가 내민 돈은 반창고에 비해 과하다는 생각이 들었다. 남자는 괜찮다며 가게를 나갔다. 마른 고목처럼 앙상한 뒷모습이었다. 그의 뒷모습이 사라질 때까지 바라봤다. 그러다 한꺼번에 밀려 들어오는 바람에 놀라 정신을 차렸다.

"8월에 웬 찬바람?"

가게 문을 닫았다. 꼬마가 혼자 가게를 할 리가 없다고는 생각했지만, 꼬마의 가족이나 친척을 만나면 뭔가 안심이 될 줄 알았는데 아니었다. 원인 모를 불안감이 올라오려 하자 고개를 세차게 젓고 다시 청소를 시작했다. 마른걸레질을 마치고, 가게 바닥을 쓸고 닦았다.

"이제 걸레만 빨아 두면 끝."

나는 청소 도구를 들고 오크나무 문으로 갔다. 문손잡이를 잡아 돌렸지만 단단히 잠겨 있었다. 손에 든 청소 도구를 문 앞에 두고 의자에 앉았다. 어깨를 막 세 번 두드리고 있는데, 꼬마가 상자 하나를 들고 가게로 들어왔다. 나는 상자를 받아 바닥에 내려놓으며 말했다.

"네 삼촌이 왔었어."

"네?"

꼬마의 눈동자가 흔들렸다. 그 모습을 보자 뭔가 크게 잘못됐다는 생각이 들었다. 덜컥 가슴이 내려앉았다. 하지만 내가 한 건 몇백 원도 안 되는 반창고를 만 원에 판 일뿐이었다.

"만 원이나 주고 가셨어."

나는 만 원을 꼬마에게 내밀었다. 꼬마는 남자가 가져간 반창고가 있었던 자리를 보고 한숨을 길게 내쉬었다.

"보이는 게 전부가 아닐 수 있어요."

꼬마는 고개를 들어 허공에 말했다.

"평행우주 관리소 1905호. 도난 사고 발생!"

나는 놀라 꼬마를 쳐다봤다. 꼬마의 눈동자에서 빛이 나고 있었다. 나는 무슨 말을 해야 할지 몰라 반쯤 벌린 입을 다물지 못했다.

꼬마의 수상한 신고 접수가 끝나자마자, 검은색 정장을 입고 검은 선글라스를 쓴 남자 두 명이 들어왔다. 나는 꼬마를 내 등 뒤로 잡아 끌고, 양팔을 벌렸다. 그리고 꼬마에게 말했다.

"빨리 경찰서에 신고해."

꼬마가 내 팔을 치우며 앞으로 나왔다.

"직원이에요."

"직원?"

"소장님, 멀리 못 갔을 겁니다. 지름길로 가시죠."

꼬마는 남자들을 향해 고개를 끄덕이더니, 고개를 돌려 나를 보며 물었다.

"얼굴 기억하죠?"

나는 넋이 나간 채 꼬마와 남자들을 번갈아 쳐다봤다. 꼬마가 소리쳤다.

"정신 차려요! 지금 누군가의 운명이 달린 문제라고요!"

나는 놀라 고개를 끄덕였다. 꼬마가 오크나무 문을 열었다. 직원 둘은 꼬마 뒤를 따라 들어갔다.

"빨리 따라와요!"

꼬마가 다시 나에게 소리쳤다. 나는 정신을 차리고 그들 뒤를 따라 오크나무 문 안으로 들어갔다.

"으악!"

한 발을 안에 딛는 순간 깊은 낭떠러지로 떨어졌다. 그것은 인간이 감당할 수 있는 중력 가속도가 아니었다. 피부가 벗겨져 나가고, 모든 혈관이 터져 버릴 것 같은 고통이었다. 누군가 내 팔을 잡았다. 고통 속에서도 나는 그 손이 꼬마라는 것을 알 수 있었다. 꼬마 손의 체온이 희미해지면서 나는 정신을 잃었다.

내가 눈을 떴을 때는 간이 침대 위였다. 몸을 일으켜 앉았다. 여전히 머리가 지끈거렸다.

"이게 어떻게 된 일이야?"

사방이 우주였다. 지민이가 학교에 가져온 〈과학소년〉 잡지에서나 봤던. 눈앞에는 남자가 가져간 반창고에서 봤던 은하수가 펼쳐져 있었다. 프라이팬 위에 놓인 계란 프라이와 비슷했다. 가운데는 노른자처럼 볼록하게 솟아 있었고, 그 주위를 푸른 별과 성운이 회전하고 있었다.

나는 꼬마에게 다가갔다. 내가 가까이 가자 꼬마가 직원에게 말했다.

"확대해 봐!"

직원이 배율을 높이자 은하수 전체를 포착하고 있던 화면이 한 점에 초점을 맞추더니 점점 그것을 확대해 갔다.

"저 남자 맞아요?"

화면에는 가게에 왔던 그 남자가 어디론가 뛰어가고 있었다. 나는 고개를 끄덕였다. 꼬마는 자기 옆에 의자를 가리키며 앉아서 벨트를 매라고 했다. 내가 벨트를 매자, 꼬마는 버튼을 누르더니 조종대를 잡았다. 우리를 태운 우주선은 빠르게 앞으로 나아갔다.

우주선이 어딘가에 착륙했다. 나는 꼬마 뒤를 따라 우주선에서 내렸다. 뒤로는 산세가 서로 어울려 병풍을 만들고 있었고, 앞으로는 큰 강줄기가 흐르고 있었다. 잘 정돈된 논과 밭에는 곡식들이 탐스럽게 자라고 있었다. 꼬마는 직원에게 말했다.

"너희 둘은 저쪽으로 가고, 우리 둘은 이쪽으로 가 볼게."

"네, 소장님."

직원 둘이 먼저 자리를 떠나자, 나는 꼬마에게 물었다.

"여긴 어디야?"

"덕흥리요."

꼬마는 짧게 대답하고, 뛰기 시작했다. 나도 꼬마 뒤를 바짝 따라붙으며 물었다

"우리나라?"

"아니, 비슷한 모양의 다른 행성이에요. 견우별이라는 곳이죠."

나는 지민이가 말한 엄청나게 큰 우주가 원자와 분자를 어쩌고저쩌고해서 똑같은 존재를 만들어 냈다는 말과 비슷한 말을 꼬마가 하고 있다고 생각했다.

"《견우와 직녀》의 견우별?"

꼬마는 뛰는 것을 멈췄다. 그리고 나에게 말했다.

"견우와 직녀는 아이 일곱을 낳았어요. 하지만 일 년에 한 번 만나니 모든 양육은 직녀의 몫이었죠. 직녀는 지쳤어요. 둘은 끔찍하게 싸우기 시작했죠. 언제 사랑했나 싶을 정도로요. 결국 직녀는 이혼 소송을 걸었어요. 그 재판이 오늘 있어요."

"그래서 견우가 직녀와 연결하는 은하수를 없애려고 한 거야? 고작 반창고 하나로 그런 큰일을 벌이는 거냐고."

"보이는 것이 전부가 아니라고 했잖아요. 반창고에는 누군가의 삶이, 온전한 우주가 담겨 있어요."

그때 연기가 하늘로 올라가는 것이 보였다. 꼬마는 그 연기를 향해 뛰기 시작했다. 나도 따라 뛰었다. 한참 동안 뛰어 동굴 앞에 도착했다. 연기가 동굴 안에서 밖으로 나오고 있었다. 꼬마와 나는 동굴 안으로 들어갔다.

모닥불 앞에 초조한 얼굴을 한 남자가 앉아 있었다. 우리가 나타나자 남자는 놀라 자리에서 벌떡 일어났다. 남자는 반창고를 들어 보였다.

"가까이 오면 태워 버리겠어."

꼬마가 말했다.

"당신도 알듯이 별들도 모두 일생이 있어요. 당신이 함부로 소멸시켜서는 안 된다는 말이에요. 그건 우주의 질서를 깨는 일이죠."

"그럼, 내 인생은 함부로 소멸시켜도 되는 거야? 내가 고작 농부라서?"

"진정하시고 저한테 이야기해 보세요. 다 들어드릴게요."

"처음 직녀를 만났을 때, 온 우주를 다 가진 기분이었어. 매일 논밭만 갈고, 그것이 전부였던 나에게 직녀는 행복한 삶이 무엇인지 알게 해 줬지."

나는 담임이 수업 시간에 들려준 《견우와 직녀》의 이야기를 떠올렸다. 직녀는 길쌈을 잘하고 부지런했다. 옥황상제는 은하수 건너편의 직녀만큼이나 성실한 견우와 혼인하게 했다. 그러자 직녀와 견우는 신혼의 즐거움에 빠져 매우 게을러졌다. 옥황상제는 크게 노하여 둘을 은하수를 가운데에 두고 다시 헤어져 살게 했다. 그리고 일 년에 한 번 같이 지내도록 했다. 나는 견우를 직접 보니 이런 생각이 들었다. 저렇게 노는 재미에 맛 들어 있으니 신의 벌을 받을 수밖에 없지.

"당신이 원하는 게 무엇인지 말해 봐요."

꼬마의 물음에 남자는 머뭇거렸다. 쉽게 답을 하지 못했다. 그사이 내가 끼어들었다.

"먹고, 자고, 놀고, 편하게 살고 싶은 거죠? 행복이라는 이름 뒤에 쾌락이라는 검은 속마음을 숨기지 말아요. 이제는 부인이랑 자식이 귀찮아진 거겠죠. 책임지기도 싫고, 일도 하기 싫은 거고요. 당신이 성실하다고 생각하고 결혼한 직녀가 불쌍하네요. 당신은 우주에서 최강 이기적이에요!"

남자는 내 말을 듣고 눈이 빨갛게 충혈되었다. 내 직설이 남자의 속마음을 관통한 것 같아 꽤 속 시원했다. 나는 이제 결정적인 한 방을 먹여야겠다고 생각하며 다시 말을 이었다.

"그거 알아요? 선생님이 당신들의 이야기는 쾌락에 빠지지 말고, 각자의 본분을 다해야 한다는 교훈을 담고 있다고 했어요. 당신들의 잘못이 후대에 어떻게 전해졌는지 알겠죠?"

견우의 충혈된 눈에서 눈물이 흘렀다. 나는 이제 됐다 싶었다.

"난 논일하고 들어가서 가족과 함께 저녁을 먹는 평범한 삶을 원해. 그것도 내게 과분한거야?"

견우의 말에 나는 당황스러웠다. 내 예상이 빗나갔다. 남자는 이어서 말했다.

"물론, 신혼 때 논밭 가꾸기를 게을리한 건 인정해. 하지만 그것이 평생 이런 벌을 받아야 할 만큼 잘못된 거야? 이만큼 무수한 세월이 지났지만, 직녀와 사랑에 빠져 일을 게을리 했던 그 순간이 후회되지는 않아. 나는 신의 노여움을 풀기 위해 그 뒤로 정말 논밭 가꾸는 일을 열심히 했어. 하루도 쉬지 않았지. 하지만 여전히 나는 벌을 받고 있어. 게다가 직녀는 내 마음도 모르고, 이혼까지 요구하고 있어."

나는 할 말을 잊어버렸다. 생각해 보니 견우별의 논밭은 매우 잘 가꿔져 있었다. 남자의 손은 거칠었고, 몸은 살찔 여유도 없어 보였다.

"성실? 각자의 본분? 난 일평생 신이 시키는 대로 논과 밭만 갈았어. 그게 내가 태어난 이유고 운명이라고 생각했지. 하지만 이제는 신이 정해 놓은 운명대로만 살아야 하는 건지 의구심이 들어. 내 인생인데 내가 결정할 수 없다는 게 말이 돼?"

남자는 흥분했다. 당장에라도 반창고를 모닥불에 던져 버릴 기세였다. 생각해 보니 학교에서는 성실의 의무는 가르치지만, 행복할 권리는 알려 주지 않았다. 무조건 열심히 공부해서 좋은 대학을 가야 한다고는 수없이 들었지만, 내가 좋아하는 일을 선택할 수 있는 권리가 있다고는 말해 주지 않았다. 남자도 그것이 억울한 모양이었다. 꼬마가 나섰다.

"진정하고 내 이야기를 들어 봐요. 방법이 있어요. 그 은하수를 없앤다고 해결되지는 않아요."

"방법? 하하하. 그런 건 없어. 신의 저주가 걸린 이 은하수를 없애는 것만이 신에게 복수하는 방법이야. 그리고 나 또한 은하수와 함께 소멸……."

남자는 웃었다. 사실 웃고 있는 건지, 울고 있는 건지 알 수 없었다. 꼬마가 말했다.

"이렇게 해 봐요. 우주 공간에 퍼져 있는 수소 구름을 모아 수소 핵융합이 일어나게 해서 별을 더 만드는 거예요. 당신이 언제나 은하수를 건널 수 있도록 별을 훨씬 많이 만들어서 별들 간의 간격을 좁혀 봐요."

남자는 못 믿겠다는 눈치였다. 나는 말했다.

"안 될 수도 있어요. 하지만 시도해 보는 거예요. 뭐든 해야 당신의 운명도 바뀔 거니까요."

남자는 대답하지 않았다. 꼬마가 실패한 후에 반창고를 태워도 늦지 않다고 말하며 남자를 설득했다. 그제야 남자는 반창고를 다시 주머니에 넣었다.

우리 셋과 직원 둘은 우주선에 탔다. 우주선에 있는 특수 장치를 이용해 수소 구름을 모아 은하수의 비어 있는 공간으로 옮겼다.

"자, 이제 됐어요. 빨리 여기에서 벗어나야 해요."

꼬마는 우주선을 돌려 은하수에서 멀리 떨어졌다. 우주선 뒤쪽에서 쾅 하는 폭발음과 함께 붉은 빛이 깜깜한 우주를 순간 번쩍이게 했다. 우주선은 그 폭발로 밖으로 강하게 밀려 나갔다. 나는 비명을 질렀다. 그리고 또 정신을 잃었다. 내가 눈을 떴을 때 남자는 없었다.

"견우 아저씨는? 반창고는?"

꼬마가 손가락을 길게 뻗어 은하수를 가리켰다. 은하수를 이룬 별들은 더 촘촘해져 있었다. 마치 오작교를 만들 듯. 꼬마가 직원에게 확대하라고 하자 화면에 남자가 은하수 다리를 건너고 있는 모습이 보였다.

"진짜 아름다워!"

별들이 각자의 밝기로 빛나고 있었다. 꼬마에게 물었다.

"네 말처럼 별들도 정말 다 일생이 있어?"

"물론이에요. 별들의 삶은 별의 질량에 따라서 달라져요. 질량이 큰 별일수록 더 짧게 살지만 높은 열과 빛을 내며 살다가 크게 폭발하며 죽고, 질량이 작은 별들은 더 오래 살기는 하지만 질량이 큰 별에 비해서 덜 뜨겁고 빛도 덜 내며 살다가 비교적 조용히 최후를 맞게 돼요."

"신기하다…… 한마디로 짧고 굵게냐, 길고 가늘게냐네. 어떤 게 더 좋을까?"

"더 좋은 건 없어요. 빛나든 덜 빛나든 모두 별이에요."

"모두 별……."

"그러니 남의 별이 아닌 나 자신의 별을 보는 일에 집중해야 해요."

"내 별을 보는 일에?"

꼬마는 나를 보며 미소 지었다. 그 미소가 나를 깊은 어딘가로 데려가는 듯했다.

*

어디선가 나무 탁자를 두드리는 둔탁한 소리가 들렸다. 똑똑.

"여보세요? 잠자는 반창고 가게 알바님, 저 왔어요."

누군가 나를 흔들어 깨웠다. 놀라 일어나니 꼬마가 앞에 서 있었다.

"어? 견우 아저씨는?"

"꿈 꿨어요?"

"아, 아니. 그게."

꼬마가 손가락 하나를 길게 뻗어 가리킨 탁자 위에 침이 흥건히 고여 있었다. 나는 재빠르게 입가의 침을 닦고, 탁자 위에 묻은 침을 닦았다. 황망히 주머니에 손을 넣었더니 만 원이 들어 있었다. 청소를 끝내고 잠깐 잠이 들었었나 보다. 나는 꼬마에게 돈을 건네며 말했다.

"자! 하나 팔았어. 너희 삼촌한테. 그런데 왜 이제 온 거야? 앗, 지금 몇 시야? 나 늦었다! 오늘 수아랑 지민이랑 견우와 직녀 축제에 가기로 했거든"

나는 대충 꼬마에게 인사하고 가방을 챙겨 들고 가게를 나왔다. 휴대전화를 꺼내 중간 인류 단톡방에 톡을 남겼다.

나 지금 북촌 가고 있어. 입구에서 딱 기다려.

수아가 빨리 안 오면 둘이 가겠다고 으름장을 놓았다. 나는 있는 힘을 다해 뛰었다.

나는 수아와 지민이를 만나 북촌 한옥 마을에 도착했다. 행사 진행자가 개막을 알리며 말을 했다.

"농사일을 하는 견우와 베 짜는 일을 하는 직녀는 첫눈에 반했죠."

진행자는 마치 조선시대 전기수처럼 《견우와 직녀》 이야기를 참 재미있게 한참 동안 했다. 곧 이야기는 후반부로 향했다.

"이를 안타깝게 여긴 까치와 까마귀가 칠석에 다리를 만들어 주어 일 년에 단 한 번, 두 사람이 만날 수 있게 되었다는 전설이 있습니다."

수아가 말했다.

"일 년 중 단 한 번만 만날 수 있다니, 얼마나 애틋했을까? 신혼 때 잠깐 놀았다고 평생 헤어지게 하는 건 좀 너무하지 않아?"

지민이가 말했다.

"전설에 또 과몰입하신다."

"맞다! 나는 내 견우님 만나러 갈 거야. 우리 이제 삼총사한테 가자."

"나는 여기 있을게. 둘이 갔다 와."

나는 진호를 만나기가 어색할 것 같았다. 하지만 승낙해 줄 수아가 절대 아니었다.

"네가 사랑의 다리가 돼 줘야 할 거 아니야?"

수아가 나를 끌고 갔다.

삼총사는 이미 많은 사람들에 둘러싸여 있었다. 수아는 나와 지민이의 팔을 붙잡고 제일 앞으로 끌고 갔다. 그때 진호와 눈이 마주쳤다. 학원에서 계속 피해 다녔는데, 결국 이렇게 마주하다니.

때마침 조명이 켜지고 반주가 흘러나왔다. 이어 감미로운 음색이 마이크를 통해 내 심장까지 와 닿았다. 심장이 쿵 내려앉는 것만 같았다. 우주에 나와 진호만 있는 듯했다. 아니, 그랬으면 좋겠다. 지금 이 순간은.

그때 수아가 내 옆구리를 찔렀다.

"내 남자, 어쩜 노래도 저렇게 잘하니. 저 입술 좀 봐! 진짜 예뻐."

진호의 입술에 시선이 가닿자, 다섯 살 때의 일이 생생하게 떠올랐다. 진호한테 다짜고짜 다가가 입술에 뽀뽀했던 그날.

다섯 살 여자와 남자는 그날도 소꿉놀이를 했다. 소꿉놀이 진행상 저녁을 먹을 시간이었다. 플라스틱으로 된 모형 피자와 햄버거가 있었지만, 그날은 특별한 것을 해 먹자는 데 서로 의견이 맞았다. 남자가 내일이면 진짜 현실에서 이사를 가기 때문이었다. 저녁 반찬을 구하기 위해 놀이터 근처 화단을 뒤졌다. 떨어진 솔방울, 반질거리는 돌멩이 등을 줍다가 클로버가 잔뜩 피어 있는 곳까지 왔다. 여자가 무릎을 굽혀 앉으며 말했다.

"여보, 나 네 잎 클로버 갖고 싶어요."

둘은 저녁 찬거리를 찾으러 왔다는 것도 잊은 채 풀밭을 뒤지기 시작했다. 남자는 더 열심히 찾았다. 꼭 여자에게 네 잎 클로버를 주고 싶었기 때문이다. 아까도 말했지만, 내일은 남자가 이사 가는 날이다. 어둠은 점점 내려앉고, 두 남녀의 현실 엄마가 저 멀리서 둘을 부르는 소리가 들려왔다.

"마리나!"

"진호야!"

남자는 마음이 조급해졌다. 여자의 표정을 보니 네 잎 클로버를 찾지 못하면 둘 사이가 파경에 이를 것 같았다. 남자의 눈은 이제 땅에 박힐 지경이었고, 남자의 손톱 아래는 이미 초록색으로 물들었다. 그만 놀고 들어가서 저녁 먹자는 현실 엄마들의 목소리가 점점 더 가까이 들려왔다.

여자가 참았던 울음을 터트렸다. 남자는 자신이 네 잎 클로버를 못 찾았기 때문에 여자가 운다고 생각했다. 그래서 남자는 더 크게 울었다. 사실 여자는 특별한 저녁을 먹이지 못하고 남자를 떠나보내야 하는 것이 마음 아팠다.

남자가 더 크게 울자 여자는 눈물을 그쳤다. 다짜고짜 남자에게 다가가 입술에 뽀뽀했다. 남자는 놀라서 눈을 동그랗게 뜬 채 울음을 멈추는가 싶더니, 전보다 더 크게 울었다. 그 소리를 듣고 엄마들이 달려왔다. 또 싸웠느냐며 각자의 꼬마를 들어 올리더니 엉덩이를 몇 대 때리고 안고 갔다. 그렇게 둘의 마지막 만찬은 네 잎 클로버 때문에 망쳐 버렸다.

나는 초등학교 4학년 때 깡마른 담임 선생님으로부터 네 잎 클로버는 토끼풀의 기형이고, 찾을 확률은 만분의 일이며, 행운을 가져다준다는 것은 미신이라는, 망치로 환상을 깨는 소리를 들은 후로 그날을 마음속 깊숙이 감춰 놨다.

내가 진호를 다시 만난 것은 중학교 입학식 때였다. 진호가 다녔던 초등학교와 내가 다녔던 초등학교의 학군이 같아서 같은 중학교에 배정받은 것이었다. 진호가 먼저 그날을 거론하면, 나는 너스레를 떨면서 네 첫 키스 상대가 나여서 미안하다고 말해야지 생각했다. 그래야 죄책감과 어색함을 떨쳐 낼 수 있을 것 같았다. 그러나 진호는 그날을 지우고 싶은 악몽으로 기억했는지, 나를 아는 척조차 하지 않았다. 농구공 사건이 있기 전까지.

공연이 끝나고 인파 때문에 우리는 사람들에게 떠밀려 삼총사 근처에는 가지도 못했다. 수아는 입이 뾰로통 나왔다. 나는 다행이다 싶었다. 하지만 목적을 달성하지 못한 스피노사 우루스는 인질을 놓아 주지 않았다. 푸드 코트에서 떡볶이, 와플, 회오리 감자, 소고기 초밥을 사 먹고 이것저것 체험을 함께 한 후에야 겨우 풀려났다. 집으로 돌아올 때쯤엔 이미 짙은 어둠이 내려앉아 있었다. 고개를 들어 하늘을 쳐다봤다. 밤하늘에 은하수가 유독 찬란하게 빛났다.

"견우와 직녀도 지금쯤 만났겠지?"

파김치 대전

집에 거의 도착했는데, 누군가 아파트 공동 현관 앞에서 서성이고 있었다. 나는 휴대전화를 꼭 붙들고 걸어갔다.

"마리나!"

진호였다. 손가락으로 빠르게 머리카락을 쓸어 정리했다. 나는 다가가 아무렇지 않은 척 말했다.

"남진호. 여긴 웬일이야?"

"오늘 버스킹 보러 와 줘서 고마워."

"수아가 성화여서 어쩔 수 없었어."

"이거 주려고 기다렸어."

진호가 긴장한 표정으로 손에 든 종이 가방을 내밀었다. 순간 수아의 얼굴이 떠올랐다. 우정이냐 사랑이냐 그것이 문

제였다. 머리는 두 가지 경우의 수를 계산 중이었는데, 입은 이 번에도 자기 멋대로였다.

"야, 나 공부해서 대학 가야 해. 너처럼 똑똑하지 못해서 더 열심히 해야 한다고."

그때 진호가 눈웃음을 지으며 종이 가방을 더 앞으로 내 밀면서 말했다.

"우리 엄마가 이거 갖다 주래. 파김치야."

난 얼굴이 화끈거렸다. 종이 가방을 낚아채 집으로 갔다. 집에 가면 제일 먼저 이 방정맞은 입을 응징해 주리라 굳게 다 짐했다. 막 공동 현관 비밀번호를 누르려 할 때 진호가 나를 다시 불렀다.

"마리나!"

분명 나를 놀릴 참이다. 나는 진호를 노려봤다. 진호는 머 리를 긁적이더니, 주머니에서 뭔가 꺼내 내밀었다.

"또 뭔데?"

나는 툭 쏘아붙였다. 그래야 덜 민망할 것 같았다. 진호는 내 손에 뭔가를 쥐여 주더니 뛰어가 버렸다. 내 손바닥에 올려 진 것은 생화 네 잎 클로버가 들어 있는 아크릴 고리였다. 뛰어 가는 진호의 뒷모습이 보이지 않을 때까지 나는 그 자리에 멈춰 서 있었다.

'너도 기억하고 있었네.'

심장이 멎을 것 같았다. 하지만 이건 심정지와는 다르다. 심폐 소생술이 필요 없다. 오히려 맑은 산소가 내 몸 안에 가득 채워지는 느낌이었다. 하늘에서 네 잎 클로버가 마구 휘날려 내려오다 내 머리 위에서 하트를 만들고 있는 것 같았다. 이 기분을 한껏 만끽하고 싶어서 아파트 단지를 세 바퀴 더 돌다 집으로 들어갔다.

"엄마, 수진이 이모가 파김치 보냈어."

"이모 만났어?"

"아니. 그 있잖아, 이모 아들. 이름이 뭐였더라?"

진호라는 이름을 입 밖으로 꺼내면 비밀을 들켜 버릴 것만 같았다. 엄마는 파김치를 받아 들더니 뚜껑을 열었다. 하나를 손으로 집더니 입에 넣었다.

"진호가 직접 왔어? 걔, 완전 엄친아로 컸더라. 수진이는 세상에 부러울 게 뭐가 있겠어. 남편 잘났어, 자식 잘났어."

나는 엄마 옆으로 가서 입을 벌렸다. 엄마는 파김치 하나를 내 입에 넣었다. 싫어하는 파김치인데 오늘따라 달았다. 나는 파김치를 씹으며 속으로 말했다.

'그런 엄친아가 엄마 딸 좋다고 졸졸 따라다닌다고. 엄마 딸이 그런 사람이야.'

엄마는 파김치를 하나 더 입에 넣으며 말했다.

"나도 수진이처럼 외국에 가서 살고 싶었는데……."

나는 그게 무슨 말이냐고 따져 물었다. 엄마 말로는 진호 아빠가 외국 파견 근무 발령을 받아서 이번 달 말에 가족 모두 영국으로 간다는 것이었다. 파김치에 묻은 매운 양념이 목젖에 탁 걸려 버렸다. 나는 얼굴이 벌게져서 기침을 했다. 엄마가 건네는 물을 마시고도 알싸함이 쉽게 가시지 않았다. 역시 파김치는 나하고 안 맞는 음식이었다.

나는 방에 들어가자마자 주머니에서 진호가 준 열쇠고리를 꺼내 나름 혼자 처형식을 하곤 쓰레기통에 던져 버렸다. 그리고 가방에서 휴대전화를 꺼내 침대 위에 누웠다. 중간 인류 단톡방에 "우리 우정 영원하자"라고 톡을 남겼다. 숫자 2가 그대로였다. 그 2를 보니 울컥 뭔가 올라오는 것 같았다.

'역시 네 잎 클로버가 행운을 준다는 건 미신이었어.'

'나쁜 놈, 네 덕분에 우정을 지켰다.'

나는 몸을 뒤집어 베개에 코를 박았다. 눈물을 막는 데는 이 방법이 최고였다. 엄마가 밖에서 파김치에 밥 먹자며 소리를 질렀다. 파김치는 쳐다보기도 싫은 딸의 마음을 알 턱이 없었다. 그때 공동 현관 호출 소리가 들렸다. 한참 후에 집 현관문이 열리고 비닐봉지를 주고받는 소리가 들렸다. 딸이 와도 방에서 안 나와 보던 아빠가 버선발로 나온 모양이었다. 아빠는 한껏 들떠서 내 방문을 노크하곤 보쌈이 왔다고, 빨리 나오라고 했다.

셋은 보쌈과 파김치가 놓인 식탁에 앉았다. 아빠랑 엄마는 고기에 파김치를 얹어 먹었다. 엄마는 입에서 파 냄새를 풍기며 말했다.

"당신도 수진이 알지? 내가 걔보다 인물도 좋고, 성적도 좋고, 성격도 좋았는데, 걔는 진짜 전생에 나라를 구했나?"

아빠가 헛기침하더니 냉장고에서 맥주를 가져왔다. 캔 뚜껑을 따서 엄마에게 하나 건네고, 하나는 자신이 마셨다. 캔을 내려놓으며 말했다.

"수진 씨는 진짜 음식 잘한다. 저번에 갖다 준 양념갈비도 진짜 맛있던데."

아빠는 화제를 돌리려는 의도였겠지만, 그 말은 넘어서는 안 되는 선을 넘은 것이었다. 내가 눈치를 줬지만 단순한 아빠가 알아먹을 리 없었다. 엄마는 잘 걸려 들었다는 표정이었다.

"수진이는 요리 잘해서 잘산다는 말이야? 지금 나랑 비교한 거지?"

아빠는 이미 늦었다. 적은 기관단총의 장전을 마치고 방아쇠를 당기고 있었다.

"당신이 결혼 전에 뭐라고 했어? 파견 가서 외국에서 살게 해 준다며. 내가 어이가 없어서. 당신 회사는 영어 못 하는 사람을 파견 보내나 보지? 리나야, 네 아빠가 연애할 때 자기는 외국 사람이랑 토론이 된다더라. 내가 미쳤지, 이런 사기꾼을 믿고 결혼하다니. 파견은 무슨, 안 잘리면 다행이지."

총알은 아빠한테 곧장 날아가 여기저기 박혔다. 아빠는 나에게 구조 요청의 눈빛을 보냈지만, 지금 내 기분으로는 그럴 수 없었다. 나도 엄마처럼 파견 가는 아빠였으면 좋겠다는 생각을 하고 있었으니 말이다.

아빠는 스스로 방어하기로 한 모양이었다.

"당신은 장모님 닮아서 요리 잘한다며, 결혼하면 배달 음식 안 먹게 해 준다며?"

"내가 집에서 놀아? 죽으라고 회사에서 일하잖아. 당신이 돈만 많이 벌어 와 봐, 내가 매일 십첩반상을 차려 놓지."

"나는 살림 안 해? 주부습진 걸린 거 안 보여? 또 그놈의

돈타령!"

둘은 같이 살아온 세월만큼 서로가 제일 듣기 싫어하는 말을 너무 잘 알고 있었다. 그리고 나는 지금이 몸을 피해야 하는 타이밍이라는 것 또한 잘 알았다. 눈치를 살피며 보쌈 고기를 한 점 입에 욱여넣었다. 그 순간, 엄마는 고개를 돌려 총구의 방향을 내 쪽으로 바꿨다.

"마리나, 네 학원비로 얼마가 들어가는 줄 알아? 너 때문에 등골이 휜다. 그러면 공부를 제대로 해야지, 맨날 애들하고 몰려다니기나 하고, 친구도 꼭 저같이 어정쩡한 애들만 사귀지. 너 그렇게 살다가는 네 아빠처럼 아무것도 안 돼."

나는 잘 참고 있었던 눈물을 터트렸다. 입안에서 씹다 만 고기가 들락거렸다.

"누가 학원 보내 달래? 그리고 나도 열심히 하고 있다고! 성적이 안 오르는 걸 어떡해. 그리고 내 친구들 나쁘게 말하지 마. 다 착한 애들이야. 엄마 눈에는 진호 같은 애들만 정상으로 보이겠지만. 엄마는 뭐 대단해? 당장 다음 달에 잘려도 이상하지 않은 계약직이잖아."

마지막 말은 하지 말았어야 했다. 엄마의 눈에서 눈물이 흘러내렸다. 나는 당황했지만, 여기서 사과하면 지는 거다. 엄마가 먼저 한 거니까, 나보다 엄마가 더 나쁜 거다. 입속의 보쌈 고기를 꼭꼭 씹어 삼켰다. 아빠가 곧바로 끼어들었다.

"마리나, 너 지금 엄마한테 무슨 말버릇이니? 다 너 낳고 키우다 보니 경력 단절된 거잖아. 어서 네 방으로 가!"

아빠는 단순하다. 방금 엄마가 쏜 총에 맞아 온몸이 피투성이면서 또 엄마 편을 들고 있다. 나는 일부러 쿵쿵 발소리를 내며 방으로 갔다. 문을 닫고 베개에 코를 박았다. 울음소리가 방 밖으로 나가지 않게 하는 나만의 방법이었다. 오늘은 참…… 그랬다.

*

일요일 아침이 왔다. 집안은 무서우리만큼 조용했다. 일찍 집을 나섰다. 막상 나오니 독서실은 가기 싫었다. 아직 이른 시간이라 열지 않았겠지만, 반창고 가게에 가기로 마음먹었다. 문 열 때까지 가게 앞이나 보리수나무 아래에서 몇 시간이고 기다릴 참이었다.

거리는 아직 잠에서 덜 깬 듯 고요했다. 가끔 승객 없는 버스만 몸을 뒤척였다. 사거리 커피차도 아직 영업 전이었다. 나는 커피차가 있어야 하는 자리를 왼쪽으로 돌아 내려갔다. 불이 꺼진 반창고 가게가 보였다.

보리수나무 아래 긴 의자에 앉았다. 대각선에 있는 반창고 가게의 꺼진 알전구와 문에 걸린 CLOSE 푯말을 보니 참았던 울음이 다시 터졌다. 그 여자가 왜 저 푯말을 보고 울었는지 알 것 같았다. 지금 나처럼 저 공간이 절실했던 것이다.

시간은 가고, 도시는 잠에서 깨어나기 시작했다. 나는 가방에서 수첩과 연필을 꺼냈다.

새 왕비가 거울에게 물었다.
"거울아, 거울아. 내 딸의 미래를 보여 줘."
"오, 마이 갓!"
새 왕비는 주먹을 날려 거울을 박살냈다.
- 마리나 -

글 옆에 왕비가 주먹을 날리는 모습과 깨진 거울을 그렸다. 피식 웃음이 나왔다. 그림을 그리고 나니 기분이 좀 풀렸다.

어느덧 점심때가 되었다. 배에서 요란한 소리가 났다. 어젯밤 파김치 대전 때문에 제대로 먹은 것이 없었다. 이런 상황에도 정상 작동되는 내 위는 주인보다 참 위대했다. 그러고 보니 먹고살기 바쁘다, 먹고살기 힘들다, 먹고살 만하다. 삶을 표현

하는 말이 먹는 것과 관련된 것을 보면 위와 삶은 떼려야 뗄수 없는 관계인 것 같다. 세상이 내 위를 인질로 잡아, 내 삶을 좌지우지하려는 속셈인 것 같다.

그때 한 사람이 가게로 걸어갔다. 바로 그 여자였다. 반가웠다. 나는 하마터면 "언니!" 하고 부를 뻔했다. 여자는 검은색 라운드 티, 인디고 청바지에 초록색 캔버스화를 신고 있었다. 여자는 내 쪽으로 걸어왔다. 나는 몸을 일으켜 세웠다. 고개를 숙여 인사했다. 여자는 아무 말 없이 보리수나무 아래 긴 의자에 앉았다. 나도 다시 자리에 앉았다.

나는 먼저 말을 건넸다.

"안녕하세요. 자주 뵙네요."

여자는 귀에 뭔가를 꼽고 있었다. 노래를 듣고 있는지, 내 말을 듣고 있는지 짧게 고개를 끄덕였다. 기왕이면 얼굴을 보고 인사해 주면 좋으련만, 이미 여자의 성격을 잘 알고 있기에 거기까지는 바라지 않기로 했다. 지금은 같이 있는 것만으로도 고마울 지경이었다. 또 먼저 말을 걸었다.

"언니, 꼬마한테 볼일 있어요?"

"꼬마를 만나고 싶어. 답답해."

"무슨 일 있었어요?"

"……."

나는 저번에 여자가 어른들은 속마음을 잘 말하지 않는다고 했던 말이 떠올랐다. 그래서 어린 내가 먼저 속마음을 털어놓기로 했다.

"저도 답답해요. 전 커서 뭐가 될까 싶어요. 엄마의 말대로 아무것도 아닌 사람, 그저 그런 사람이 돼 있으면 어쩌죠?"

"……."

여자는 말없이 고개를 위로 쳐들었다. 보리수나무 사이로 반짝이는 빛을 올려다보았다. 나는 더 분발해서 내 속마음을 털어놓아야겠다고 생각했다.

"엄마 말처럼 성적도 어정쩡하고, 그렇다고 딱히 다른 재능이 있는 것도 아니고, 그렇다고 보시다시피 외모가 월등하지도 않고요."

여자는 위로 쳐든 고개를 내려 나를 봤다. 눈 그늘이 짙게 내려와 있었다. 보나마나 어제 잠을 설친 모양이었다. 하지만 여자의 눈동자는 꼬마의 그것처럼 맑았다. 그 눈동자 안에 내가 있었다. 여자는 작게 말했다.

"어른이 되어 보니, 무엇이 되는 게 그렇게 중요한 문제는 아니야."

나는 놀라 되물었다.

"네?"

여자는 미소 지었다. 그 미소가 슬퍼 보였다.

"항상 네가 진짜 하고 싶은 것이 무엇인지 생각해. 그게 중요해. 내 마음을 들여다보는 것, 내 생각을 들여다보는 것. 그게 중요해, 마리나."

나는 놀라 물었다.

"제 이름을 아셨네요. 꼬마가 말해 줬어요? 언니랑 이름이 똑같아서 놀랐죠? 저도 처음엔 놀랐어요."

여자는 고개를 돌려 다시 가게를 봤다. 가방에서 패드와 펜을 꺼냈다. 여자는 앱을 실행시키더니 그림을 그렸다. 나는 여자한테 더 가까이 다가가 앉았다.

"저도 그림 그리는 거 좋아해요. 봐도 되죠?"

여자는 아무 답이 없었다.

여자가 그리는 건 마들렌이었다. 그림 옆에 글을 썼다. 나는 여자가 작업하는 동안 조용히 옆에 앉아 화면을 들여다봤다.

마들렌 틀

마들렌을 홍차와 함께 먹는 것을 좋아해.

직접 만들어 보기로 했어.

마들렌 틀에 반죽을 넣었지.

딱 틀처럼 나왔어.

이 틀이란 것이

딱 이렇게밖에 만들 수 없는 거였더라고.

- 마리나 -

가슴에서 뭔가가 울컥 올라왔다. 막을 시간도 없이 내 눈은 눈물을 또르르 밖으로 내보냈다. 여자의 눈에서도 눈물이 흘러내려 왔다. 여자는 패드와 펜을 가방에 넣었다. 또 나를 봤다.

"남이 만든 틀에 맞춰 살지 마. 마리나, 그럼 넌 마들렌밖에 될 수 없어."

그때 여자의 휴대전화가 울렸다. 여자는 화면을 들여다볼 뿐, 받지 않았다. 다시 전화가 울렸다. 여전히 받지 않았다. 화면에는 '진호'라고 적혀 있었다. 나는 그 이름을 보고 또 놀랐다. 우연이라고 하기에는…….

잠시 후 여자가 전화를 받았다.

"여보세요."

여자의 목소리가 떨리고 있었다. 나까지 긴장이 됐다. 여자는 수화기 건너의 목소리를 한참 듣더니 말했다.

"그래, 만나서 이야기해."

여자는 전화를 끊고 보리수나무에인지, 나한테인지 애매한 자세로 인사를 하곤 가 버렸다. 밉지는 않았다. 나는 여자의 뒷모습을 향해 크게 외쳤다.

"언니! 마음이 시키는 대로 하세요. 꼭요!

여자의 모습이 사라지자, 나는 여자처럼 고개를 위로 쳐들어 보리수나무를 봤다. 잎 사이로 들어오는 빛이 별처럼 빛났다. 수첩과 연필을 가방에 넣고, 일어나 가방을 멨다.

'마음이 시키는 대로…….'

사거리에 출근한 커피차는 바쁘게 손님을 맞고 있었다. 커피차를 지나, 신호등을 건넜다. 내가 다니고 있는 학원 건물을 지나, 우리 아파트를 지나, 중학교를 지나 계속 위로 걸었다. 바로 옆 동네지만, 내 진자운동 궤도에는 없던 구역이었다. 낯설었다. 녹지가 잘 조성된 거리와 고급 아파트 단지가 나를 조금

주눅 들게 하였다. 나는 일부러 어깨를 더 펴고 걸었다.

"여기네."

진호가 사는 아파트 입구였다. 엄마가 아파트 이름을 귀에 못이 박히도록 말해서 찾는 데는 어려움이 없었다. 다만 몇 동 몇 호에 사는지는 몰랐다. 엄마한테 물어볼 수도 없는 상황이 라 무작정 기다려 보기로 했다.

일요일인데도 아파트 입구에서 학원 차들이 아이들을 삼 켰다 뱉어냈다를 했다. 기사가 나를 힐끗거리며 학원생이 아닌 가 확인했다. 나는 뻘쭘해서 단지 안으로 들어갔다. 커다란 나 무가 가지를 뻗어 만들어 낸 나무 터널, 대형 백조 조각이 뿜 어내는 물줄기, 그 물줄기가 닿는 곳에 있는 대형 연못, 곳곳 에 세워진 심상치 않은 조각상을 보니, 엄마가 왜 수진이 이모 를 부러워했는지 알 것 같았다.

다시 입구 쪽으로 갔다. 기다리다 학원 차가 나타나면 다 시 단지 안으로 들어갔다. 그리고 얼마만큼 시간이 지나면 다 시 입구로 나왔다. 이것을 열 번 정도 반복하니, 처음에는 그 저 놀라웠던 조경들이 이제는 시시했다. 배도 고팠고 다리도 아팠다. 내가 왜 여기에 왔는지, 그 이유도 희미해졌다. 집으로 가든지 반창고 가게로 가든지 해야겠다고 생각하며 발걸음을 떼려는 순간이었다. 유리창에 '특목고 진학률 1위'라는 현수막을 건 노란색 버스가 멈춰 섰다. 버스가 뱉어낸 아이들 속에 진호가 있었다. 진호는 나를 보더니 얼굴이 붉어져서 내 앞에 섰다. 나는 말했다.

"너, 돈 있어?"

진호가 당황했다. 나도 당황스럽긴 마찬가지였다. 내 입은 이렇게 제멋대로였다. 진호는 고개를 끄덕였다.

"배고파. 떡볶이 사 줘."

이번에도 내 입은 제멋대로였다. 주인 안 닮아서 참 편하게 산다. 그런 입 덕분에 나는 진호와 떡볶이 가게에 마주 보고 앉았다. 투블럭으로 자른 머리는 윤기가 났고, 얼굴은 잘 깎아 놓은 비누 조각 같았다. 나는 입이 또 아무런 말이나 던질까 봐 바짝 긴장해 있었다. 다행히 입은 떡볶이를 먹는 데 집중했다. 너무 집중해서 게걸스럽게 보일 정도로 말이다. 진호가 냅킨을 내밀었다. 입은 꼭 말로만 나를 곤혹스럽게 만드는 것이 아니었다. 나는 냅킨을 받아서 입 주위를 닦았다. 냅킨에 떡볶이 소스가 묻어 나왔다. 입이 저지른 일에 대한 부끄러움은 내 볼의 몫이었다. 주문한 것을 순식간에 먹어 치우자 진호가 물었다.

"뭐 더 시킬까?"

"아니, 음료수 사 줘."

아, 이 입을 어쩐단 말인가. 우리는 떡볶이 가게를 나와, 옆에 있는 카페로 갔다. 떡볶이보다 더 비싼 음료수를 먹었다. 먹는 동안 우리는 학교 이야기를 했다. 각자의 반에 특이한 점들을 공유하며 웃었다. 딱히 궁금했던 것은 아니었지만, 어색함을 사라지게 하기에는 그 방법이 최고였다. 음료수를 최대한 찔끔찔끔 나눠 먹었는데도 벌써 밑바닥이 보였다. 쓸데없이 남의 이야기만 하면서 시간을 다 보내 버렸다. 우리는 가게를 나왔다.

"잘 먹었어. 갈게."

내 입은 주인을 안 닮아서 참 쿨했다. 나는 몸을 돌려 걸어갔다. 세 발자국 정도 갔을 때 다시 뒤돌아봤다. 진호는 그자리에 그대로 서 있었다. 나는 방향을 바꿔 다시 진호 앞으로 걸어갔다. 마음이 시키는 대로 해 보련다. 진호 앞에 멈춰 섰다.

"그때, 너 이사 가기 전에 말이야. 마지막 만찬을 못 먹고 보냈잖아. 이번에는 함께 먹고 보내서 마음이 놓인다. 물론 네가 다 샀지만 말이야."

진호의 눈빛이 복잡했다. 읽어 낼 수 없었다. 그 눈빛을 보니 첫 뽀뽀만큼이나 이번에도 실수했구나 싶었다. 진호가 그때처럼 울음을 터트릴까 봐 뒤돌아 뛰었다. 한 번도 쉬지 않고 뛰어 집까지 왔다.

거칠어진 호흡이 가라앉자 승강기를 탔다. 분명 엄마는 내가 자식을 잘못 키웠다, 나는 복도 없는 년이라며 머리에 띠를 매고 침대에 누워 있을 테고, 아빠는 엄마 옆에서 당신 아무것도 안 먹으면 쓰러진다며 안절부절못하고 있을 것이다. 현관문 비번을 누르고 안으로 들어갔다. 신발을 벗으려는데, 엄마의 목소리가 들렸다.

"딸, 어디 갔다 이제 와. 치킨 어디 것 먹을래?"

나는 놀라 잠시 멈춰 서 있다가 말했다.

"어, 아-무거나."

어찌 된 상황인지 감이 안 왔다. 이렇게 빨리 전쟁이 끝날 리가 없는데 말이다. 아빠가 내 방으로 몰래 오더니 상황 보고를 했다. 요지는 이랬다. 조금 전에 엄마가 진호 엄마한테 파김치를 잘 받았다고 전화했는데, 진호가 영국에 안 가겠다며, 왜 자기 인생을 엄마, 아빠가 마음대로 하냐며 소리를 지르고 나가 버렸다는 거였다.

치킨이 도착했고, 셋은 식탁에 앉았다. 엄마의 입은 수진이가 걱정된다면서도 표정은 속마음을 숨기지 못했다.

"여보, 치킨에는 맥주지. 어때?"

"좋지."

역시 아빠는 단순하다. 아빠는 냉장고에서 맥주 두 캔을 꺼내 왔다. 캔 뚜껑을 따서 엄마한테 내밀었다. 엄마는 받아 들어 단숨에 절반을 마셨다. 캬 소리를 내고 캔을 내려놓으며 말했다.

"가족이 함께 먹으니 얼마나 좋으니?"

뭐가 좋다는 건지는 모르겠지만, 이렇게 해서 파김치 대전은 끝났다. 나는 방으로 들어와서 쓰레기통 뚜껑을 열었다. 네 잎 클로버 열쇠고리를 꺼내 가방에 달았다.

수저 계급론

아침에 집에서 나올 때까지만 해도 수아를 보면 어제 진호랑 같이 떡볶이를 먹었다고 자연스럽게 털어놓자 마음먹었는데, 수아 얼굴을 보자 입이 굳어 버렸다. 수아가 진호 이야기를 꺼낼 때마다 종일 수아 눈치를 봤다.

수업이 끝나고 셋은 가방을 챙겨 복도로 나왔다. 수아가 내 가방에 달린 네 잎 클로버 열쇠고리를 잡고 물었다.

"이거 어디서 샀어?"

"아, 그-게."

"나도 갖고 싶다. 근데 너 왜 얼굴은 빨개?"

그때 진호가 지나갔다. 진호의 가방엔 내 것과 똑같은 열쇠고리가 달려 있었다. 수아가 멈춰 서 나를 노려봤다. 내가 뭐라고 말하기도 전에 수아는 내 팔을 뿌리치고 앞으로 가 버렸다. 그리고 단톡방을 나갔다. '중간 인류' 단톡방은 이제 정말 그 기능을 상실했다.

다음 날, 수아의 얼굴에는 여전히 날이 서 있었다. 나는 곁눈질로 수아를 훔쳐볼 뿐 아무것도 할 수 없었다. 메디오가 가서 '진호랑 아무 관계도 아니야. 나랑 걔가 어울리냐?'라고 말하라고 했지만, 거짓말을 할 수는 없었다. 반 풍경은 지난주와 똑같았는데, 나와 수아만 각자의 섬이 되어 버렸다. 지민이가 가운데에서 중재하려고 애썼지만, 소용없었다.

엎친 데 덮친 격으로 2교시가 끝나고 진호가 우리 반으로 찾아왔다. 뒷문 유리창에 진호가 쭈뼛거리며 서 있는 모습이 보이자 교실은 웅성거렸다. 아무것도 모르는 아이들이 수아의 이름을 불렀다.

진호가 문을 열고 "마리나, 잠깐 나와 봐"라고 말하자, 교실은 음소거가 된 것처럼 조용해졌다. 나는 수아를 봤다. 수아의 표정이 잔뜩 일그러져 있었다. 진호가 내 이름을 다시 부르자, 죄인처럼 자리에서 일어나 교실을 나갔다. 그제야 교실의 음소거가 해제되고 여기저기서 웅성거리기 시작했다.

마리나가 수아의 남친을 가로챘다는 소문이 무섭게 퍼져

나갔다. 이제는 뚝 떨어진 두 섬을 연결하는 다리를 놓는 게 영원히 불가능해 보였다.

수아는 나 보라는 듯, 우리 반 실장이자 재수탱이 우수미와 팔짱을 끼고 다녔다. 아이들은 그렇게 다니니 둘이 닮았다며, 쌍둥이 자매 같다고까지 했다. 내가 봐도 제법 잘 어울렸다.

금요일 밤에 수아 인스타에 들어갔다. 사과하려고 들어갔다가 '생일 파티 초대받음'이라는 제목이 눈에 들어왔다.

노는 물이 다름. 울 엄마가 친구를 잘 사귀어야 한다고 했음.

떡볶이, 라면이 아니라 스테이크를 먹는 날이라는 짧은 글과 함께 우수미랑 찍은 사진이 #상위인류 #새친구 #스테이크 해시태그와 함께 적혀 있었다. 내 생일 때 떡볶이를 먹었던 일과 비교하는 것 같아서, 괜히 서운하고 배신감이 들었다.

＊

월요일에 자리를 바꿨다. 재수탱이 우수미, 냉전 중인 수아, 수업 시간에 머리만 만지는 미진이와 같은 모둠이 됐다. 이번에도 담임이 교묘하게 꾀를 부렸다는 생각이 들었다. 리더형, 순종형, 무임승차형을 잘 배합해 두었다.

담임은 자리바꿈과 동시에 모둠 과제를 제시했다. 역시 담임의 큰 그림이 있었다. 이번 모둠 과제는 요즘 청소년에게 흥미로운 이야기를 선택하고, 그 이야기가 왜 흥미로운지 이유를 분석해서 발표하는 것이었다.

우수미가 나와 미진이를 보며 말했다.

"너는 무임승차일 테고, 너는 시키는 대로는 잘할 테고……."

실장 우수미가 평소에 자주 하는 말이었지만, 우수미 옆자리에 앉아 있는 수아 때문인지 이번에는 기분이 더 나빴다. 그렇다고 딱히 반박할 말은 없었다.

"너희 뭐 생각해 둔 거 있니? 없지?"

우수미가 나와 미진이를 번갈아 보더니 말했다.

"웹툰 연재작 중 인기작 몇 개를 골라 분석해 보면 될 것 같아. 요즘 아이들이 가장 즐겨 보는 콘텐츠이기도 하고, 또……."

나는 "왜 네 맘대로 하는데?"라고 따져 묻고 싶었지만, 메디오가 내 입을 막았다.

'별다른 아이디어도 없으면서 나서려고? 우수미가 하자는 대로 해. 가만히 있으면 수행평가 A 맞아. 괜히 입 뗐다가 무시당하지 말고 말이야.'

삐딱하게 나가고 싶은 마음은 이미 메디오한테 제압당하고, 우수미의 말에 습관적으로 고개를 끄덕였다. 수아가 우수미를 향해 엄지를 치켜들며 말했다.

"아이디어 진짜 좋다. 역시 우수미야."

우수미가 나와 미진이를 번갈아 보며 물었다.

"너희 생각은?"

의견을 묻는 것이 아니었다. 따르라는 명령이었다.

"어, 괜찮은 것 같아."

별다른 질문도, 별다른 대답도 아니었는데 자존심이 상했다. 우수미 옆에서 웃고 있는 수아 때문이었다.

어릴 적 학교에 들어가기 전에는 내가 세상에서 제일인 줄 알았다. 지금은 돌아가신 할머니가 늘 내 머리를 쓰다듬으며 말했다.

"우리 마리나, 세상에서 제일 예쁘고 똑똑해."

엄마는 내가 그림책을 보고 있으면 이렇게 말했다.

"어맛! 마리나, 천재인가 봐. 벌써 글을 읽어."

우리 아빠는 그 옆에서 헤벌쭉하며 말했다.

"우리 마리나, 노래도 잘하고 그림도 잘 그리고, 못 하는 게 뭐니?"

집이라는 울타리 안에서 정말 내가 대단한 사람인 줄 알았다. 그 착각이 깨진 건 인생 팔 년 차가 되던 때였다. 또래 안에는 받아쓰기를 백 점 맞는 애가 있고, 오십 점 맞는 애가 있고, 빵점 맞는 애가 있다는 것을, 모둠 장이 있고, 조원이 있다는 것을 알게 됐다. 더 자라서는 될 애가 있고, 어정쩡한 애가 있고, 안 될 애가 있다는 것을 깨달았다. 그것이 학교를 통해 맛본 첫 번째 인생의 쓴맛이었다. 내가 대단한 사람이 아니란 걸 깨달아 갈수록 인생의 맛은 씁쓸했다.

우수미는 말을 이었다.

"드라마나 웹툰에서 뻔하지만 늘 먹히는 스토리가 있거든. 그게 뭔지 알아?"

"……"

우수미가 나와 미진이를 턱 끝으로 가리키며 말했다.

"바로 신분 상승 로맨스야. 너희 둘 같은 아이들이 상류 계층 남자의 선택을 받는 거지."

"……"

"현실에서는 절대 일어날 수 없는 일이 작품에서라도 일어나기를 꿈꾸는 거야. 백마 탄 왕자를 만나는 일 말이야. 그걸 뭐라고 하는 줄 알아?"

“…….”

우수미는 나를 빤히 쳐다보며 혼자 묻고 혼자 답했다.

“대리만족.”

“…….”

“마리나, 너도 정신 차려. 진호가 진짜 널 좋아하는 것 같아? 일종의 호기심이나 동정심 같은 거겠지. 자신과 다른 부류에 대한.”

갑자기 훅 들어온 우수미의 사적인 질문에 내 동공은 지진이 났다. 마음 같아선 일어나 따귀라도 갈기고 싶었지만, 나는 여전히 습관적으로 고개를 끄덕이고 있었다. 우수미 옆에 앉은 수아의 표정이 애매했다. 쌤통이라는 것인지, 그런 말까지는 하지 말라는 것인지 알 수가 없었다.

“수아야, 너 오후에 시간 되면 우리 집에 가서 모둠 과제 자료 같이 찾아볼래?”

“어, 그래.”

우수미는 나를 보며 말했다.

“마리나 너는 PPT나 넘겨.”

“어…….”

똥 싸고 안 닦은 듯한 더러운 기분으로 학원을 향했다. 땅만 쳐다보며 운동화 끝만 보고 걸었다.

"지가 뭔데 남의 일에 참견이야? 대리만족? 웃기고 있어."

정작 우수미 앞에서는 쏟아내지 못한 말을 토해냈다.

"진짜 열받네. 공부 잘하고, 예쁘면 다야? 그래, 너 잘났다. 뭐든 다 잘해서 좋겠다, 좋겠어. 우리 엄마는 왜 나를 이렇게 낳은 거야. 머리를 좋게 낳아 주든지, 얼굴을 예쁘게 낳아 주든지, 둘 중에 하나는 괜찮게 낳았어야지……."

결국은 또 엄마 탓이었다. 혼자 중얼거리다가 앞에 가던 사람과 부딪혔다.

"아, 죄송합……."

진호다.

"마리나, 혼자 뭘 그렇게 구시렁거려?"

"아, 아무것도."

"같이 학원 가자."

나랑 진호는 나란히 걸었다. 진호가 나를 힐끔거리는 것이 느껴질 때면 얼굴이 화끈거렸다.

'정말 호기심이나 동정심일까?'

나는 걸음을 멈췄다. 진호도 멈췄다. 나는 확인해 볼 생각이었다. 그런데 진호가 먼저 말을 꺼냈다.

"학원 가는 길이 이렇게 즐거울 수도 있구나. 내일도 같이 가."

진호 말에 나는 피식 웃었다. 우리는 다시 길을 걸었다.

＊

발표 날이 되었다. 우수미가 발표를 시작했다.

"3모둠 발표자 우수미입니다. 다들 '수저 계급론'이라는 말을 들어 보신 적 있으시죠?"

웅성거리던 교실이 한순간 조용해졌다. 모든 시선이 우수미를 향했다. 우수미는 컴퓨터 앞에 앉아 있는 나에게 고갯짓을 했다. PPT를 다음 장으로 넘기라는 신호였다. 나는 엔터를 쳐서 다음 장으로 넘겼다.

"흙수저는 결국 흙수저로 생을 마감한다는 수저 계급론이 만연한 사회입니다. 지난 27일 기획재정부가 발간한 '청년 희망 사다리 실태 조사' 보고서에 따르면, 우리나라 이십 대, 삼십 대 청년 열 명 중 여섯 명은 노력해도 계층 이동이 불가능하다고 생각한다고 합니다."

우수미가 또 나를 보고 고갯짓을 했다. 나는 엔터를 쳤다. 우수미가 말을 이었다.

"저희는 웹소설 인기 작품 몇 개를 분석했습니다. 첫 번째 작품은⋯⋯."

우수미는 정확한 발음과 목소리의 높낮이를 조절하며 선생님과 아이들의 시선을 자신에게 모아 놓았다. 아이들이 발표 내용에 빠져들수록 컴퓨터 앞에 앉아 있는 나는 우수미의 고갯짓에 반응하는 리모컨이 된 기분이었다. 빨리 발표가 끝나기만을 바랐다.

"수저 계급론의 현실에서 벗어나고 싶은 다수의 중간 인류 또는 하위 인류인 독자를 끌어들이는 작품이라는 것이 공통점이었습니다. 쿠키를 구워 웹툰을 보며 대리만족하는 것이죠."

우수미가 얄미웠다. 의자에서 일어나 다가가 패 주고 싶었다. 우수미가 나를 보고 또 고갯짓을 했다. 나는 상기된 얼굴로 엔터를 쳤다. 그때 지민이가 손을 들었다.

"금수저, 흙수저라는 말을 사용해서 인간을 상, 중, 하로 분류하는 것은 듣기 거북합니다."

우수미는 조금도 흔들림 없이 바로 받아쳤다.

"거북하다면 정정하겠지만, 여기서 정정한다고 현실에서 이미 사용된 용어가 사라지나요? 아니면 능력주의가 힘을 잃어 가는 사회가 없던 일이 되나요?"

지민이도 지지 않고 말을 이었다.

"능력주의 또한 공정하다고는 할 수 없죠. 잘난 우수미님 께서는 본인 노력으로 잘한다고 생각하시겠지만, 그게 어디 본인 노력만으로 잘하는 겁니까?"

"야, 박지민! 너 뭐야?"

담임이 살벌한 분위기를 감지하곤 바로 끼어들었다.

"잠깐, 열띤 논쟁은 여기까지. 다음 모둠 발표해 주세요."

그 뒤의 발표는 귀에 들어오지 않았다. 지민이도 수아도 우수미도 그런 것 같았다. 다른 모둠이 발표하는 동안 나는 공 책에 숟가락이 투쟁이라 적힌 머리띠를 하고 있는 모습을 그 리고 글을 써 넣었다.

억울하다. 밥 잘 떠먹여 줬더니 흙수저란다.

- 마리나 -

그림을 그리고 글을 적고 나니 한결 마음이 편해졌다.

진호는 이제 수업이 모두 끝나면 매일 우리 반 앞에서 기다 렸다. 나는 여전히 눈치를 보며 진호 옆으로 갔다. 주위 시선에 아랑곳하지 않는 진호를 보며, 어쩌면 진호와 나의 차이는 금수저와 흙수저의 차이가 아닐 수도 있겠다는 생각이 들었다. 진호는 마들렌 틀에 연연하지 않고 마음이 시키는 대로 하고 있었다. 나와 다르게.

진호와 함께 학원으로 걸어가는데, 그 여자와 마주쳤다. 혼자가 아니었다. 그 여자와 어울리지 않는 굉장한 훈남이 함께 걷고 있었다.

'저 남자가 그때 전화한 사람인가? 진호?'

여자의 얼굴은 전보다 부드러워 보였다. 내가 "언니!" 하고 손을 들었는데, 여자는 못 본 건지 그냥 지나쳐 갔다.

'뭐야, 아는 척도 안 하고. 역시 사람은 쉽게 안 변해. 조금 가까워졌다고 생각했는데…… 좀 쑥스럽나? 뭐, 그럴 수도 있지. 오늘은 이해하자.'

단체 손님

수아 때문에 가시방석에 앉아 있는 것 같은 불편한 평일이 지나고 토요일이 되었다. 나는 축 늘어진 어깨를 하고선 반창고 가게로 갔다. 테이블과 의자 개수가 늘어나 있었다.

청소를 시작했다. 어느 때보다 바닥과 진열장을 깨끗이 닦았다. 꼬마는 의자에 앉아서 그런 나를 한참 지켜보더니, 무슨 일이 있느냐고 물었다.

"음료수를 먹으려면 이 정도는 해야지. 그리고 오늘 같은 날은 청소하기 딱 좋은 날이지 뭐야."

그냥 대충 너스레를 떨었다.

그때 봉고차 한 대가 가게 앞쪽에 멈춰 섰다. 차에서 예닐 곱 명이 내리더니 가게 안으로 들어왔다.

꼬마가 사람들에게 다가가며 반갑게 말했다.

"어서 오세요. 기다리고 있었어요."

'단체 손님인가?'

나도 자리에서 일어나 인사했다.

"어서 오세요."

사람들이 안으로 들어오자 가게가 꽉 찼다. 꼬마가 손님 한 명, 한 명의 이름을 부르며 다시 인사하며 말했다.

"보시고 원하시는 것이 없으면 저한테 이야기해 주세요. 제 작해드릴게요."

단체 손님은 진열장의 반창고를 꼼꼼히 살폈다. 나는 이번 에야말로 꼬마에게 알바생으로서 능력을 인정받을 기회라고 생각했다. 한 할머니 옆으로 다가갔다.

"할머니, 이 곰돌이 인형 반창고는 어떠세요? 귀엽죠? 저 는 아직도 잘 때 곰돌이 인형을 꼭 안고 자거든요. 혹시 손녀 가 있으시면 이거 강추해요."

"강-뭐?"

"아, 사 주시면 분명 좋아할 거라는 말이에요."

할머니는 나를 보고 웃으며 말했다.

"나는 스무 살에 제주도로 시집와 평생 물질하며 살아서 뭐 특별할 게 없어. 아들 셋, 딸 둘 낳아서 그 물질로 다 대학 보내고 시집, 장가보냈지. 물질이 힘들긴 해도 깊은 바닷속에 들어가면 내 세상 같았거든. 배운 거 없어도 바다는 그런 거 안 따져. 나는 그냥 먹고사는 거밖에 할 이야기가 없는데?"

할머니의 눈시울이 금세 젖어 들었다. 할머니가 갑자기 눈물을 훔치자, 내가 말실수를 했나 싶어 당황스러웠다. 꼬마가 어느새 다가와 할머니의 손을 꼭 잡았다.

"대단하세요. 이 손으로 자식 다섯을 다 키우신 거예요? 어떤 손보다 고우세요."

"반지 한 번 못 껴 본 손인데, 곱기는."

"잠시만 기다리세요. 할머니한테 딱 어울리는 반창고가 있어요."

꼬마가 오크나무 문 안으로 들어가더니 나무 상자를 들고 나왔다. 금가락지 그림이 그려진 반창고가 들어 있었다. 꼬마가 할머니 약지에 반창고를 돌돌 말아 붙여 주었다. 신기하게 진짜 금가락지처럼 반짝반짝 빛이 났다.

할머니가 웃으며 말했다.

"허허, 이것 참 신기하기도 하네. 먼저 간 영감 생각도 나고, 나는 이게 딱 마음에 들어."

"따듯한 차 드릴까요?"

"혹시 메밀차 있을까? 어릴 때 우리 집이 강원도에서 메밀밭을 했지. 엄마가 메밀로 국수를 자주 말아 줬는데, 나는 그 메밀 향이 참 좋았어. 제주도로 시집 와서는 그 맛이 늘 그립더라고."

"저기 의자에 잠시 앉아 계세요. 그때 드셨던 맛 그대로 준비해 올게요."

꼬마는 다시 오크나무 문 안으로 들어갔다.

나는 꼬마가 들어간 오크나무 문을 보며 생각했다.

'이제 보니 저 꼬마 완전 장사꾼이잖아. 어떻게 그때 그 맛 그대로 준비한다는 거야? 나도 상술을 써서 다시 도전해 보겠어.'

나는 꼬마에게 손님을 뺏긴 것 같아 억울했다. 잽싸게 진열장에서 반창고를 고르는 아저씨 옆으로 다가갔다.

"아저씨, 제가 골라드릴까요?"

"그래 주겠어요?"

"멋진 자동차 그림 반창고는 어떠세요? 이 빨강 스포츠카를 타고 탁 트인 해변 도로를 달린다고 생각해 보세요. 굉장하죠? 아저씨처럼 핸섬하신 분은 이런 반창고가 딱이지요. 이

차를 타고 가면 사람들이 다 쳐다볼걸요. 부러워서."

"정말 멋지군요."

나는 이번에는 꼬마한테 배운 장사꾼 기술을 사용했으니 확실히 판매할 수 있겠다 싶었다. 남자가 말했다.

"남들은 맨날 일만 하고 사는 게 무슨 재미냐고 그러지만, 나는 일하는 것만으로도 감사했어요. 내가 일해야 식구들이 먹고살 수 있으니까. 꿈이고 뭐고 생각할 시간도 없이 달려온 삶이지요. 이런 평범한 삶에 어울리는 반창고가 있을까요?"

내가 무슨 말을 해야 할지 머뭇거리고 있을 때, 꼬마가 할머니께 메밀 차를 드리고 남자 옆으로 왔다. 꼬마는 남자의 손을 잡아 어루만졌다. 사포질하는 듯한 까칠한 소리가 남자의 삶을 고스란히 말해 주고 있었다.

"평범하다니요, 자기 삶을 희생해 누군가의 삶에 밑거름이 된다는 게 얼마나 특별한데요. 정말 고생 많으셨어요. 손님만을 위해 특별 제작해드릴게요. 잠시만 기다리세요."

꼬마는 남자의 손을 놓고, 오크나무 문 안으로 들어갔다. 한참 만에 나무 상자 하나를 가지고 나왔다. 남자는 상자 안의 반창고를 보자 눈시울이 붉어졌다. 반창고에는 가족사진 일러스트가 그려져 있었다.

나는 꼬마의 옆구리를 찌르며 물었다.

"뭔데?"

"아저씨 가족."

나는 꼬마한테 또 손님을 뺏긴 기분이었다. 내가 코를 씩씩거리자 꼬마가 다가와 귓속말을 했다.

"반창고는 그냥 물건이 아니에요. 먼저 상대의 마음을 읽어야 해요."

"응?"

나는 꼬마가 뭐라고 하는지 알 수 없었다. 내가 고개를 갸웃하고 있을 때 손님들이 다투어 말했다.

"저도 추천해 주세요."

손님들이 꼬마한테만 몰려들었다. 꼬마가 말했다.

"먼저 차나 음료 한 잔씩 드시고 이야기 나누면 어떨까요?"

손님들은 고개를 끄덕였다. 꼬마가 나를 보며 말했다.

"주문 좀 받아 줄래요?"

나는 꼬마가 건넨 포스트잇에 손님들이 원하는 메뉴를 받아 적었다. 손님들이 하나둘 의자에 앉았다. 꼬마는 나를 보며 말했다.

"함께 준비할까요?"

안쪽이 늘 궁금하던 참에 잘 됐다 싶었다. 나는 꼬마를 따라 오크나무 문 안으로 들어갔다.

문과 같은 오크나무로 된 싱크대와 커피머신, 블렌더 믹서기, 제빙기, 테이블, 냉장고 등이 있었다. 여느 카페의 평범한 주방 모습이었다. 나는 주문서를 읊었다.

"아메리카노 따뜻하게 한 잔, 자몽차, 생강차, 국화차……."

"냉장고에 청이 있어요. 꺼내서……."

냉장고 문을 열자 유리병에 담긴 자몽청, 레몬청, 유자청 등이 보였다. 꼬마는 커피머신으로 커피를 내리고, 꽃차를 만들었다. 나는 물었다.

"저 손님들은 도대체 누구셔?"

"이제 또 다른 행성으로 이동해야 하는 사람들이에요."

"그게 무슨 말이야?"

"곧 알게 될 거예요. 저분들한테는 시간이 많지 않아요. 서둘러 주세요."

나는 청을 유리잔에 덜어 뜨거운 물을 부었다. 꼬마는 일인용 나무 쟁반을 손님 수만큼 준비했다. 쟁반 하나에 차와 다과 접시를 올렸다. 다과 접시에는 과일 양갱을 두 개씩 가지런히 놓았다. 쟁반 위쪽에는 작은 도자기 화병을 두었다. 그 도

자기에 하얀 들국화 몇 송이를 꽂아 넣었다.

"저 분들이 좋아할 만한 디저트를 좀 더 가져갈게요. 먼저 나가 있어요."

나는 쟁반을 들고 오크나무 문을 나갔다. 꼬마는 주방 안쪽으로 들어갔다.

'저 안에도 공간이 있나?'

나는 여러 번 왔다 갔다 하면서 쟁반을 옮겼다. 쟁반을 받아 든 손님들은 감탄하며 연신 고맙다고 했다. 나는 쟁반을 다 옮기고 의자 하나에 앉았다. 그제야 꼬마가 쟁반에 떡, 한과 등 디저트를 받쳐 들고 나왔다. 갓 만들어 온 것처럼 고소한 냄새가 풍겼다.

'냉장고에 저런 건 없었는데. 어디서 난 거야?'

디저트의 출처가 수상했지만, 손님들의 이야기가 시작되면서 가졌던 의구심도 어디론가 사라져 버렸다.

손님들은 어디서 태어났는지부터 이야기했다. 태어나서 고생하고, 결혼해서 고생하고, 자식 낳아서 키우면서 고생하고, 나이 들어 아파서 고생하고, 뭐 다 그렇고 그런 비슷한 이야기였다. 나는 나오려는 하품을 들키지 않으려고 허벅지를 꼬집었다. 꼬마는 조금도 흐트러지지 않은 자세로 손님들의 이야기를 경청하며 같이 울고, 같이 웃었다. 그 말 많은 여자가 가게에 와서 수많은 쓸모없는 이야기들을 쏟아 부었을 때처럼 말이다.

드디어 마지막 할머니 차례였다. 나는 이때다 싶었다. 마지막 손님만은 꼬마한테 뺏기기 싫었다.

"할머니, 다시 젊어진다면 뭐 하고 싶으세요?"

꼬마의 얼굴을 슬쩍 쳐다보니, 내 질문이 잘못됐다는 것을 알 수 있었다. 나는 머리를 긁적였다. 다행히 할머니는 웃으며 이야기를 꺼냈다.

"허허, 다시 젊어진다…… 생각만 해도 좋네. 학생처럼 젊어진다면, 더 강해지고 싶어."

"운동선수가 하고 싶으세요?"

"허허허, 귀여운 학생이네. 젊은 때로 돌아간다면 내가 뭐든 직접 선택하고 싶어. 나는 부모님 말씀을 잘 듣는 아이였거든. 명문 여대에 가야 한다니 그렇게 했고, 교수 정도는 해야 한다고 해서 또 그렇게 했고, 이런 사람하고 결혼해야 한다고 하니 그렇게 했지 뭐야. 어른 말씀 잘 들으면 자다가도 떡이 생긴다고 우리 아버지, 어머니가 입버릇처럼 말씀하셨거든. 정말 그렇다고 믿었지. 그런데 아니었어. 어른도 틀릴 때가 많아."

나는 할머니에게 더 가까이 다가가 물었다.

"완전 성공한 삶인데, 뭐가 후회되세요?"

할머니는 나를 지그시 바라보며 말을 이었다.

"학생, 뭐든 내가 선택해야 후회가 없는 거야. 성공한 삶이란 바로 그런 거지. 내가 진짜 하고 싶은 것이 뭔지도 모르고 늙으면 안 돼."

할머니의 눈시울이 차츰 붉어졌다. 옆에서 반창고를 들여다보고 있던 중년의 아저씨가 가라앉은 목소리로 말했다.

"할머님 말씀이 지당하십니다. 저도 진짜 제 삶을 살지 못하고 가는 것이 아쉽네요. 온갖 측정만 당하다가 이리 가 버리네요. 제게 주어진 시간이 이렇게 짧은지도 모르고요."

나는 갑자기 무언가로 머리를 맞은 기분이었다. 언제나 내 머릿속엔 물체의 무게를 비교할 때 쓰는 양팔 저울이 있었다. 나는 사람들의 인생을 올려놓고 늘 비교했다. 누구의 삶이 더 가치 있는지. 윤서를 하위 인류로, 우수미를 상위 인류로 분류해 놓은 내 머릿속이 투명하게 드러났다. 중간 인류라고 이름 붙인 단톡방 이름을 손님들한테 들킨 기분이었다. 부끄러움에 얼굴이 붉어졌다.

"잠시만요. 제가 반창고를 추천해드릴게요."

나는 진열대에서 아무 그림도 없는 반창고를 골라 할머니와 아저씨에게 내밀었다.

"이제 다른 행성으로 이동하시면, 여기에는 자신의 인생을 그려 보세요."

두 분 모두 미소를 지었다.

"고맙습니다."

"딱 찾던 거야."

할머니가 나를 꼭 안아 주었다.

손님들은 시간이 됐다며 자리에서 일어나 가게 앞에 기다리던 봉고차를 타고 떠났다. 나는 봉고차가 사라질 때까지 손을 흔들었다. 꼬마가 말했다.

"아까 제법이던데요."

"서당 개 삼 년이면 풍월을 읊는다는 말이 있지."

꼬마는 씩 웃더니 가게 안으로 들어가 쟁반을 치우기 시작했다. 나도 따라 치웠다. 꼬마는 초코라떼를 타 주겠다며 안쪽으로 들어갔다. 초코라떼를 기다리며 두 어르신의 말씀을 되새겼다.

"내가 진짜 하고 싶은 거……."

＊

어느새 또 잠이 들어 버렸나 보다.

휴대전화 진동에 눈을 떴다. 엄마였다.

"네, 금방 갈게요."

나는 전화를 끊고 꼬마에게 물었다.

"나, 또 잠든 거야?"

꼬마가 테이블을 가리켰다. 또 침 자국이다. 나는 옷소매로 잽싸게 닦았다. 민망함에 집에 얼른 가야 한다고 말했다. 반창고 가게를 막 나가려고 하자, 꼬마가 나를 불러 세웠다. 그리곤 손을 내밀어 보라고 했다. 엄지손가락에 반창고를 돌돌 말아 붙여 주었다. 아무 그림도 없는 반창고였다.

"어? 나 이 반창고 꿈에서 본 것 같은데……."

나는 오는 길에 멈춰 서서 반창고를 바라봤다. 마음이 묘했다. 두근거리기도 하고 불안하기도 했다.

'내일은 수아한테 편지를 써야지. 내가 선택할 수 있는 일부터 해 보자. 회피하지 말고.'

우리의 단톡방이 사라지고, 수아가 나를 차단했기에 휴대전화 메시지는 보낼 수 없었다. 나는 밤새 쓰고 버리고, 다시 쓰고를 반복해서 편지를 완성했다. 편지 아래에는 그림도 그려 넣었다. 배추 한 포기를 그리고 글을 써 넣었다.

너를 포기할 수 없어.

- 마리나 -

중간 인류

나는 지민이에게 수아한테 편지를 전해 달라고 부탁했다. 평일 내내 수아의 답이 오길 기다렸는데, 안타깝게도 수아는 여전히 나한테 차가웠다.

늘 붙어 다니던 삼총사가 해체되면서 나는 학교 다니는 것이 힘들었다. 셋이 늘 가던 분식집도 예전 맛이 아니었고, 톡도 재미가 없었다. 진호가 옆에서 잘 챙겨 주었지만 수아의 자리를 대신할 순 없었다. 그것과 이건 다른 거였다. 나는 이런 마음을 편지에 담았다. 수아가 읽고 금방 돌아와 줄 줄 알았는데……. 어쩌면 내가 생각한 것보다 훨씬 많은 시간이 우리에게 필요할 수도 있겠다 싶었다.

토요일이 돼, 터덜터덜 반창고 가게로 갔다. 반창고 가게의

문은 열려 있는데, 꼬마가 없었다.

'바닷가에 갔나?'

청소를 다 끝냈는데도 꼬마가 오지 않았다. 그때 오크나무 문 안쪽에서 달그락 소리가 들렸다. 나는 일어나 오크나무 문 앞으로 갔다.

"너, 거기 있어?"

문고리를 잡아 돌리자 문이 스르륵 열렸다. 나는 안으로 들어가며 다시 물었다.

"이 안에 있어?"

지난번에 봤던 싱크대도 커피머신도 없었다. 텅 비어 있었다.

"나 들어가도 되지?"

나는 꼬마한테 허락을 받지 않았다는 사실이 그제야 떠올랐다. 문을 닫고 나가야 하나 망설이면서도 손은 여전히 벽을 더듬거리고 있었다. 손끝에 스위치가 만져졌다.

"찾았다. 불 켜도 되지?"

스위치를 눌렀다. 알전구들이 천장을 가득 메우고 있었다. 마치 파티를 위해 헬륨가스를 가득 넣은 풍선을 천장에 장식해 놓은 것만 같았다. 안쪽에 초록색 문 하나가 보였다.

"이 안에 있어?"

손잡이를 잡아 돌리자 문이 열렸다.

"나 들어가도 돼?"

천천히 문을 밀고 들어갔다.

"와! 도대체 여기 뭐야?"

오로라가 까마득한 공간을 가득 메우고 있었다. 인간이 모래사장에 앉아 석양을 본다면, 외계인은 알려지지 않은 행성 표면에 앉아 이렇게 생긴 우주를 올려다보고 있지 않을까 하는 생각이 들었다.

"너무 아름다워!"

오로라 가운데에는 끝을 알 수 없는 계단이 위로 뻗어 있었다. 눈앞에 펼쳐진 풍경이 벅찬 것인지, 두려운 건지 또 망설임 병이 도졌다. 한동안 나타나지 않던 메디오가 돌아왔다.

'마리나, 돌아가! 낯선 것들은 다 위험하다고.'

나는 메디오의 말에 귀를 기울였다. 메디오는 내가 귀를 기울이자 신나서 말하기 시작했다.

'내가 몇 번 말하니. 무모한 일에 함부로 나서지 마. 그건 네 인생에 치명적인 실수가 될 수 있어. 더욱이 이런 건 너에게 아무 도움이 안 돼.'

"그냥 해 보면 안 돼? 도전 말이야"

메디오는 내 표정을 살피더니 말을 이었다.

‘도전? 말이 좋지. 역사는 도전해서 성공한 사람만 기억하지, 그 사람 이전에 실패한 사람, 그 사람의 도전을 돕는 사람은 기억 못 해. 너는 지금 상태로는 어느 도전도 성공 못 해.’

“…….

메디오는 눈을 크게 뜨더니 이번에는 겁을 줬다.

‘저 계단 아래에 낭떠러지가 없다고 보장해? 어쩌면 시체들의 무덤일 수도 있지. 그러고 보니 꼬마도 수상하지 않니?’

“…….”

메디오는 여전히 망설이는 나에게 마지막 한 방을 더 날렸다.

‘도전도 상위 인류에게나 어울리는 말이지. 너 같은 어정쩡한 아이들은 상위 인류를 돕는 보조 역할 정도만 하며 안전하게 살아도 돼.’

나는 몸을 돌렸다. 메디오가 잘 생각했다며 옆에서 고개를 끄덕였다. 밖으로 나와 문고리를 잡아당겼다. 문틈으로 멀어져가는 계단에 아직 미련이 남았다.

“왔어요?”

“으악!”

나는 놀라 문을 급하게 닫고 뒤돌아봤다. 꼬마였다. 더듬거리며 말했다.

"몇-번 불-렀-는데, 대-답이 없-어서."

"같이 마카롱 먹을래요?"

꼬마는 마카롱이 담긴 접시를 내게 내보였다.

"어, 그-래."

나는 가게로 먼저 나갔다. 스위치를 끄고 뒤따라 나온 꼬마가 손에 들고 있던 접시를 내 앞에 내려놓으며 말했다.

"프랑스에서 방금 구워 왔어요."

나는 어색하게 웃으며 손을 뻗어 마카롱 하나를 집어 들었다. 마카롱이 입안에서 부드럽게 으깨지면서 단 냄새를 퍼트렸다. 황홀할 지경이었다. 나는 물었다.

"정말이야?"

"어떤 거요? 프랑스에서 구워 온 것?"

"아니, 평행우주! 저기 안에서 다른 우주로 가는 거 맞지?"

꼬마는 질문에 대답은 하지 않고, 개구쟁이 같은 표정을 지으며 나를 보고 오히려 물었다.

"행성 알아요?"

"수, 금, 지, 화, 목, 토, 천, 해…… 그런데 갑자기 왜?"

과학 시간에 달달 외운 답을 하고 보니 꼬마의 장난에 말려든 느낌이 들었다. 꼬마는 손가락을 펴더니 수, 금, 지, 화……, 하나씩 접으며 말했다.

"아는 행성이 열 손가락 안이네요."

"야!"

나도 모르게 소리를 질렀다. 생각해 보니 외우라고 해서 외운 것뿐이었다. 그것도 순서대로 앞 글자만 따서. 중간 인류의 공부법은 특별한 것이 없었다. 시키는 대로만 하면 되는 거니까. 외우라면 외우고, 적으라면 적고, 형광펜으로 중요 표시하라고 하면 형광펜으로 별표를 그려 넣는 것. 그것만으로도 벅찼다. 더 궁금해 할 시간도 여력도 없었다. 그 무기력함을 들켜 버린 것 같았다. 꼬마가 씨익 웃더니 말했다.

"우주는 굉장히 넓어요. 끝이 없죠. 무수한 행성이 시공간을 달리하여 움직이고 있어요. 한 명은 학원으로 가 있고, 한 명은 톡을 기다리고 있지요. 아니면 성인이 된 마리나가 있을 수도 있고요."

"그게 무슨 말이야? 내가 또 있다고?"

"궁금하면 겁먹지 말고 다시 들어가 봐요. 난 잠깐 바닷가에 다녀올게요."

163

"언제 올 건데? 나 집에 일찍 가야 해. 알지?"

꼬마는 미소를 지어 보이더니 밖으로 나갔다. 통창 너머로 꼬마가 사라지자 나는 의자에서 일어났다. 오크나무 문을 열고 들어가 벽을 더듬거려 스위치를 켰다.

메디오가 또 참견을 시작했다.

'마리나, 지금 무슨 생각 하는 거야, 또 열어 보려고? 오, 이런! 요즘 너답지 않게 왜 그래? 빨리 집에 가서 문제집 풀자. 꼬마의 꾐에 넘어가면 안 돼!'

"있잖아, 나다운 게 뭔데?"

메디오는 내 반문에 당황했다. 잠시 숨을 고르더니 다시 말했다.

'금단의 상자를 열어 인류에게 죽음과 병을 안겨 준 판도라 알지? 뒤돌아보지 말라고 했는데 돌아봐서 돌기둥이 된 이야기도 들어 봤지? 금기에는 다 그럴 만한 이유가 있어.'

"그래, 네 말이 맞아."

메디오는 그제야 안심한 듯 웃었다. 나는 다시 말했다.

"하지만, 꼬마는 들어가 보라고 했어. 들어가지 말라고 한 건 메디오, 네가 그랬고."

결심한 듯 문고리를 잡아 돌렸다. 눈앞에 까마득하지만 아름다운 우주가 펼쳐졌고, 그곳에 나만 덩그러니 서 있었다. 나는 계단에 발을 디뎠다. 메디오가 또 참견하려고 입을 벌리자, 나는 메디오를 저 구석으로 밀어 버렸다.

계단을 따라 한 걸음, 한 걸음 올라갔다. 한 발 한 발 내딛을 때마다 내 심장 소리와 발걸음 소리가 까마득한 공간에 크게 울려 퍼졌다.

'또 다른 내가 있다고? 어떤 모습일지 궁금해.'

한참 계단만 보고 걸었는데, 오로라 때문에 계단의 끝이 보이지 않았다. 잠시 멈춰 서서 왔던 길을 뒤돌아봤다.

"윽."

낭떠러지에 서 있는 기분이었다. 다리가 사시나무 떨리듯 후덜덜 떨렸다. 나는 다리에 힘이 풀려 계단에 주저앉았다. 오로라 때문에 계단의 시작도 보이지 않았다. 마치 내가 오로라 한가운데에 떠 있는 것만 같았다. 덜컥 겁이 났다.

메디오가 이때다 싶었는지 다시 나타났다.

'거봐, 두렵지? 겁나지? 빨리 가서 공부나 하자. 목적지를 알 수 없는 이런 계단 말고 확실한 성공이 보장되는 계층 사다리를 올라가야지.'

나는 숨을 깊게 들이쉬고 몸을 천천히 일으키며 말했다.

"그 사다리 이야기 좀 이제 그만 집어치워. 그딴 게 뭐가 중요해?"

'마리나, 그게 왜 안 중요하니? 다 잘 먹고 잘살자고 그러는 거잖아.'

"이제 좀 꺼져 줄래?"

메디오를 저 멀리로 밀어 버리고, 다시 계단을 따라 앞으로 갔다. 서른 계단쯤 더 올라가니 문 하나가 나왔다. 나는 후들거리는 다리에 힘을 팍 주고 문손잡이를 잡아 열었다.

"윽, 눈부셔."

쏟아져 나오는 빛에 눈을 감았다. 한참 만에 게슴츠레하게 눈을 떴다. 그제야 사람들의 소리가 들렸다.

"나가 보자."

문밖으로 나왔다.

"여긴 도대체 어디지?"

좌우를 살폈다. 차들은 빨간불에 멈춰서 신호를 기다리고 있고, 사람들은 횡단보도를 지나거나 거리를 걷고 있었다. 흔히 보는 도시의 거리 풍경이었다.

횡단보도 건너편에서 노랫소리가 들렸다. 나는 사람들을 따라 횡단보도를 건너 노랫소리가 들리는 곳으로 갔다. 많은 사람이 주변에 모여 있었다.

남자 셋이서 버스킹을 하고 있었다.

"와! 노래 진짜 잘한다."

그때 가운데 보컬이 손을 들어 내 쪽을 향해 흔들었다.

'어? 나를 아는 사람인가?'

나는 손을 들어 어색하게 흔들어 보이면서 주변을 두리번 거렸다. 그런데 내가 아니었다. 내 뒤에 있는 여자를 향한 인사였다. 여자는 환하게 웃으며 손가락 하트를 그에게 보냈다.

"아! 언니?"

나도 모르게 여자를 불렀다. 반창고 가게에서 만난 그 여자였다.

"언니, 맞죠? 우리 반창고 가게에서 봤었잖아요?"

노랫소리와 악기 소리에 내 목소리가 묻혀 버렸는지, 여자는 대답을 하지 않고 사람들 사이에서 빠져나갔다.

나는 얼른 여자 뒤를 따랐다. 낯선 곳에서 느낀 동포애 같은 반가움이었다. 여자의 뒤를 따르며 "언니!" 하고 여러 번 불렀다. 여자는 뒤를 한 번 돌아보더니, 고개만 갸웃할 뿐 다시 가던 길을 갔다.

'아닌가? 잘못 봤나?'

그러고 보니 반창고 가게에서 봤던 여자가 아닌 것 같기도 했다. 많이 닮았지만, 그 여자와는 달리 양팔을 씩씩하게 앞뒤로 흔들고, 걸음걸이도 경쾌하고 신나 보였다.

'가서 확인해 봐야겠어.'

나는 여자 뒤를 쫓았다. 여자의 가방에 매달린 네 잎 클로버 열쇠고리가 눈에 들어왔다.

'저 열쇠고리는 내 거랑 똑같네.'

씩씩하게 걷던 여자가 '오늘 화방'이라는 간판이 걸린 상점 앞에서 걸음을 멈췄다. 여자가 안으로 들어가자 나도 따라 들어갔다. 각종 미술 용품이 가득한 곳이었다. 나는 색색의 물감이 진열된 곳에 가서 물건을 고르는 척했다.

여자가 큰 목소리로 말했다.

"사장님, 안녕하세요. 오늘 날씨 참 좋네요. 제가 주문한 거는 왔나요?"

물건을 진열하던 사장이 몸을 일으켜 인사했다.

"마리나 씨, 어서 와요. 오후에 비 소식이 있어서 안 그래도 전화하려던 참이었는데 잘 왔어요. 거기 입구에 물건 준비해 놨어요."

"아! 감사합니다."

분명 사장님이 '마리나 씨'라고 불렀다. 그럼 그 여자가 맞다. 사장이 여자한테 다가오며 물었다.

"곧 전시회죠?"

"네, 그냥 아주 작게 해요. 시골 마을의 폐가를 수리해서 몇 명이서 함께요."

"나도 꼭 갈게요. 그리고 팸플릿 나오면 줘요. 여기 유리창에 붙여 놓을게요."

"네, 감사해요. 사장님, 저 가볼게요."

여자는 입구에 놓여 있는 상자를 두 팔로 안아 번쩍 들어 올렸다. 반창고 가게에서 봤을 때는 물에 젖은 종이처럼 축 처져 있었는데 어떻게 저렇게 달라진 걸까?

나는 다시 여자의 뒤를 쫓았다. 여자의 위에 걸친 린넨 셔츠가 금세 땀에 젖었다. 여자는 두 블록쯤 걸어가다 커다란 보리수나무 아래에서 멈췄다.

"쉬었다 가자."

여자가 보리수나무 아래 놓인 긴 나무 의자에 상자를 올려놓고, 그 옆에 앉았다. 나는 여자 앞에 섰다.

"언니, 안녕하세요. 저 기억하세요? 반창고 가게에서 만났잖아요. 바다도 같이 갔었고요. 저 옆에 앉아도 되죠?"

여자가 고개를 끄덕였다. 정확히 말하면 노래를 흥얼거리며 연신 고개를 끄덕였다. 아무튼 나는 여자 옆에 앉았다. 여자는 휴대전화를 꺼내 가계부 앱을 실행시켰다.

"이번 달 월세도 내야 하고, 이 세금들은 또 다 뭐야? 들어오는 돈은 쥐꼬리만 한데, 나가는 돈은 많네. 역시 세상에 쉬운 일은 없어."

그러더니 고개를 돌려 내 쪽을 바라봤다.

"그런데도 지금이 좋아. 이상하지?"

여자가 활짝 웃었다. 그 모습이 햇살처럼 해사했다. 나는 고개를 저었다. 전혀 이상하지 않다는 뜻이었다. 여자는 말을 이었다.

"엄마가 이 모습을 보면 꼴좋다 하겠다. 하하하."

여자가 좀 전보다 더 크게 웃었다.

그때 여자의 휴대전화가 울렸다.

"네! 삽화 의뢰요?"

여자는 한참 통화하더니 끊었다.

"역시 그냥 죽으라는 법은 없어. SNS에 열심히 올렸더니 그림 의뢰가 들어오기 시작하네. 사람은 좋아하는 걸 해야 해. 그래야 삶에 대한 생존 본능이 꿈틀댄다니까. 먹고사는 길은 많

아. 남들 돼지고기 먹을 때 소고기 먹어야지 하는 생각만 버리면 돼. 뭘 먹는지가 뭐가 중요해? 그딴 건 전혀 중요하지 않아."

나는 여자의 말에 공감했다.

"저도 소고기보다는 삼겹살이 최고로 맛있는 것 같아요."

여자가 내 말에 미소 짓더니 말했다.

"다 나보고 미쳤대. 나도 그렇게 생각해. 이제야 내 삶에 미친 것 같아."

"하고 싶은 걸 찾은 거예요, 언니?"

"마리나, 명심해! 인생은 선택의 연속이고, 그 선택의 주인은 항상 자신이어야 해."

"아, 네…… 그렇죠."

"그동안 나의 선택권을 남에게 양도했어. 이제 찾아오려고. 물론 엉망이 될 수도 있어. 다 망쳐 버릴 수도 있겠지. 먹고 싶은 걸 못 먹을 수도 있고, 사고 싶은 걸 못 살 수 있어. 근데 이제 그런 건 두렵지 않아. 선택의 짜릿함이란 게 있더라고. 나는 그 짜릿함을 즐기기로 했어."

"언니, 정말 많이 달라졌네요."

또 여자의 휴대전화가 울렸다. 남자 친구라고 떠 있었다.

"진호야, 버스킹 끝났어? 올 때 나 떡볶이 사다 줘. 아직 점

심도 못 먹었어."

여자는 자리에서 일어났다. 다시 상자를 들고 걸어갔다. 나는 여자의 뒷모습이 시야에서 완전히 사라질 때까지 한참 동안 지켜봤다.

"언니, 이제 안심이에요. 처음 봤을 때는 언니가 많이 걱정됐거든요."

그때 빗방울이 뚝, 뚝 떨어지기 시작했다. 사람들이 분주하게 비 피할 곳을 찾았다. 나도 서둘러 왔던 길로 되돌아가기로 했다. 빨리 돌아가서 꼬마에게 지금 내가 본 것을 이야기해 주고 싶었다. 나는 나왔던 양말 가게와 빵 가게 사이에 있는 초록색 철문을 열고 다시 들어갔다. 오로라가 눈앞에 보였다. 맞게 찾아왔다. 문 안으로 들어가 계단에 발을 디뎠다. 한 계단 한 계단 내려오는데, 발바닥에 닿는 계단이 단단하지 않고 휘청거리는 느낌이 들었다. 놀라 뒤를 보니 지나온 계단이 잘게 부서지며 사라져 가고 있었다.

"어떡해!"

나는 놀라 속도를 냈다. 멈추지 않고 뛰고 또 뛰었다. 등줄기를 타고 땀이 흘러내렸다. 이대로 계단이 사라지면 영원히 내가 살던 행성으로 돌아갈 수 없다고 생각하니 눈물이 나왔다. 메디오가 이때다 싶어 모습을 드러냈다.

'봐! 가여운 네 꼴을. 틀에서 벗어나는 것은 이렇게나 무모한 거야. 이제 알겠니? 남들이 잘 닦아 놓은 길을 그냥 가. 알겠지?'

"아니, 싫어."

나는 두 주먹을 불끈 쥐었다. 있는 힘껏 계단을 따라 뛰었다. 뒤꿈치에서 계단이 사라져 가는 것이 느껴졌다. 소름이 돋고 오금이 저렸다. 그럴수록 크게 외쳤다.

"나도 할 수 있어!"

저 아래에 드디어 반창고 가게와 연결된 초록색 문이 보였다.

"봐! 조금만 더, 제발!"

온 힘을 다해 달렸다. 타닥타닥 뛰는 소리에 맞춰 심장이 방망이질을 했다. 계단은 무서운 속도로 사라져 가고 있었지만, 그 방망이질은 두려움이 아니라 가슴 벅참이었다.

"다 왔어."

나는 문손잡이를 잡았다. 문을 열고 팔짝 뛰어 문밖으로 몸을 던졌다. 바닥으로 데굴데굴 굴렀다. 나는 얼른 몸을 일으켜 세워 가게로 나갔다. 꼬마가 반창고를 진열하고 있었다. 나는 꼬마에게 달려가 꼭 끌어안았다. 거친 숨 때문에 말이 나오질 않았다. 꼬마가 내 등을 토닥이며 물었다.

"여행은 즐거웠어요?"

나는 꼬마를 안고 있던 손을 풀고 숨을 마저 골랐다. 꼬마는 그런 나를 보며 따듯한 미소를 짓고 있었다. 나는 흥분한 목소리로 말했다.

"그 언니를 봤어. 반창고 가게에 자주 오는 그 언니 말이야. 진짜야, 거기서는 굉장히 신나고 행복해 보였어."

그때 마침 가게 문을 열고 그 여자가 들어왔다. 하나로 묶은 머리에 피곤해 보이는 바로 그 여자였다. 꼬마가 여자를 반갑게 맞아 주었다.

"기다리고 있었어요. 이쪽으로 앉으세요."

여자는 터덜터덜 걸어 들어와 의자에 앉았다. 나도 얼른 둥근 의자에 앉았다. 꼬마가 여자에게 말했다.

"잠깐 앉아 있어요. 즐겨 드시는 시원한 커피랑 마카롱 가져올게요."

꼬마는 오크나무 문 안으로 들어갔다. 나는 여자를 곁눈질로 힐끔거렸다. 여자한테 방금 봤던 것을 이야기해 주고 싶어서 입이 근질근질했다. 그때 꼬마가 쟁반에 커피와 마카롱을 받쳐 들고 나왔다.

여자가 쟁반을 받아 들며 물었다.

"너는 길을 잃어 본 적 있어? 어른이 돼서 길을 잃어버린다는 건 굉장히 우스꽝스러운 일이야, 그치?"

나는 더는 참지 못하고 둥근 의자에서 몸을 일으켰다. 그리고 여자 앞으로 갔다.

"언니, 길을 잃어 본 적이 없는 게 더 우스꽝스러운 일이에요. 늘 아는 길만 다닌다는 말이잖아요. 언니, 나 또 다른 언니를 만났거든요. 언니는 충분히 잘 해낼 수 있어요. 그러니까 걱정 말고 길을 실컷 잃어 보세요."

꼬마는 나와 여자를 번갈아 보며 웃었다.

나는 잽싸게 가게를 나왔다. 꽤 멋진 말을 한 것 같아 쑥스러웠다. 가게를 나와 통창 너머로 보니 여자와 꼬마는 여전히 이야기를 나누고 있었다. 나는 둘을 한참 바라봤다. 이제 보니 둘에 대해 아는 것이 별로 없었다. 다음 주 토요일에 가게에 올 때는 궁금한 것을 몽땅 물어볼 생각이었다.

집으로 돌아가는데 휴대전화가 울렸다. 수아가 새로운 단톡방을 만들어 지민이와 나를 초대했다.

마리나, 박지민, 나 돌아왔어.

드뎌. 언제나 환영!

화 풀렸어? 수아야?

내가 언제 화났나. 내일 떡볶이?

좋아.

나도.

리나, 낯간지럽게 편지, 그게 뭐냐?

야!

아무튼 감동.

우리는 그동안 못다 한 수다를 한참 동안 떨었다.

단톡방 한 번만 더 나가면, 넌 영구 퇴장이야.

미안. 내가 떡볶이 살게.

이번 단톡방 이름도 중간 인류?

놉. 우수미 발표 듣고 계층 짓는 거 극혐.

ㅇㅋ. 그럼 뭐?

수아와 아이들 어때?

말도 안 돼.

내일 만나서 결정.

ㅇㅋ

우리는 다음 날 만나서도 단톡방 이름을 짓지 못했다. 그냥 우리 셋 이름으로 그대로 두기로 했다. 하나의 이름으로 무리 짓기엔 우리는 개성이 강했다. 우리 셋은 전보다 더 끈끈하게 달라붙어 다녔다. 이제야 학교 다닐 맛이 났다.

*

토요일이 되어 학원 보강수업을 마치고, 반창고 가게로 향했다. 꼬마에게 물어볼 말이 많았다. 커피차를 기준으로 왼쪽으로 돌아 내려갔다.

"어?"

그런데 반창고 가게가 있어야 하는 자리에 가게가 없었다.

그냥 하얀 벽이었다. 나는 놀라 두리번거렸다. 여러 번 와서 길을 잘못 왔을 리는 없었다. 가게 맞은편 보리수나무는 그대로였다. 보리수나무 아래로 가서 긴 의자에 앉아 꼬마를 기다렸다. 하지만 해가 질 때까지도 꼬마는 나타나지 않았다. 그 언니라도 나타나 주길 바랐는데……

어둠이 점점 내려앉고, 그 어둠 속에서 별들은 감췄던 모습을 드러내기 시작했다.

나는 수첩을 꺼내 가로등 불빛에 의지해 그림을 그리기 시작했다. 보리수나무 아래에 앉아 있는 그 여자, 꼬마, 나를 그렸다. 그리고 아래에 글을 썼다.

와 줘서 고마워.

- 마리나 -

　중학교 1학년 2학기 때였다. 미술 선생님의 권유로 예고 준비반에 들어갔다. 당시에 예고를 준비하는 아이들은 학교 수업이 끝나면 미술실이나 음악실에서 보충 수업을 받았다. 나는 미술실에서 김지영이라는 다른 반 아이와 그림을 그렸다. 창문으로 들어오는 햇살, 물감 냄새, 붓이 스치는 소리 모든 것이 좋았다.

　하지만 그 기간은 금세 끝났다. 예술 쪽으로 진학을 결정하기에는 불안했다. 친구들의 영어 단어 외우는 소리에 불안했고, 수학 문제집 푸는 모습에 불안했다. 또 중학생이 나처럼 행복하면 안 될 것 같았다. 마냥 행복하게 그림을 그리고 있으면, 아무것도 아닌 어른이 될 것 같았다. 내 안의 메디오가 그렇게 말했고, 나는 힘없이 그 말을 따랐다.

나는 중학교와 고등학교를 보내며 영어 단어, 미적분, 3차 함수, 물리 공식, 화학 공식 등을 달달 외우면서, 한 번도 내가 하고 싶은 것이 무엇인지 묻지 못했다. 강물이 그쪽으로만 흘러가니 나도 따라갔다. 나는 내가 강물을 거슬러 올라갈 수 있는 힘을 가진 물고기라는 것을 그때는 미처 알지 못했다.

퇴근하고 집으로 갈 때는 양옆으로 길게 늘어선 건물을 지나쳐 온다. 그 건물에 가장 많은 간판은 학원이다. 건물 입구에는 학생들이 어깨를 축 늘어뜨리고 나온다. 그 모습을 보면 무심코 한마디가 툭 새어 나온다.

'왜 하나도 변하지 않았을까?'

내가 학교 다니던 시절과 크게 달라지지 않는 모습에 기운

이 빠진다. 학교 수업만으로는 계층 사다리를 올라갈 수 없다고, 선행해서 남들보다 월등하게 앞서야 상위 인류가 된다고 아우성치고 있는 간판들에 숨이 턱 막힌다.

'잘사는 방법이 무엇인지 답이 정해진 걸까?', '어른들은 그 답을 알고 있어서 아이들에게 그쪽으로만 가라고 말하는 걸까?', '잘사는 것은 도대체 뭘까?'

이런 무수한 질문이 내 머릿속을 복잡하게 만든다. 어른들은 먼저 살아 봤다는 이유로 인생을 단정 짓고 아이들을 틀에 맞게 만들어 내려는 듯하다.

그런데 내가 어른이 돼 보니 알겠다. 사실 어른도 인생의 답을 모른다는 것을. 그런 불확실한 어른의 말만 믿고 학창 시절을 무심코 흘려보내지 말았으면 한다.

'사람'이라는 글자를 요리조리 포개어 합치면 '삶'이라는 글자가 만들어진다. 우리는 언제나 삶을 살아가야 한다. 나는 세상의 팔십 퍼센트를 차지하는 마리나가 메디오의 말에 휘둘리지 않고 자신의 삶을 살아가길 바란다.

끝으로, 중간 인류가 온전히 몫을 할 수 있도록 함께해 주신 스갱 그림 작가님과 풀빛출판사, 그리고 이 책을 손에 들고 있는 당신, 정말 감사합니다.

매일 길을 잃는

작가 임태리

나의 또 다른 이름,
중간 인류

초판 1쇄 인쇄 2024년 10월 25일
초판 1쇄 발행 2024년 11월 5일

지은이 임태리
그린이 스갱

펴낸이 홍석
이사 홍성우
인문편집부장 박월
편집 박주혜·조준태
디자인 이희우
마케팅 이송희·김민경
제작 홍보람
관리 최우리·정원경·조영행

펴낸곳 도서출판 풀빛
등록 1979년 3월 6일 제2021-000055호
주소 07547 서울특별시 강서구 양천로 583 우림블루나인비즈니스센터 A동 21층 2110호
전화 02-363-5995(영업), 02-364-0844(편집)
팩스 070-4275-0445
홈페이지 www.pulbit.co.kr
전자우편 inmun@pulbit.co.kr

ISBN 979-11-6172-973-2 43810

이 책은 저작권법에 따라 보호받는 저작물이므로 무단 전재와 복제를 금지하며,
이 책 내용의 전부 또는 일부를 이용하려면 반드시 저작권자와 도서출판 풀빛의 서면 동의를 받아야 합니다.

※ 책값은 뒤표지에 표시되어 있습니다.
※ 파본이나 잘못된 책은 구입하신 곳에서 바꿔드립니다.